アゲハ蝶に騙されて

Masaki Kusuda
楠田雅紀

CHARADE BUNKO

Illustration

三島一彦

CONTENTS

1

その年は三月になっても全国的に気温が低かった。名古屋《なごや》での桜の開花はここ数年の平均より遅れるかもしれないと報じられている。確かに本社の中庭に数本ある桜の蕾《つぼみ》はまだまだ固そうだった。

——どうせなら四月まで待ってくれないかな。

キリのついた書類から顔を上げ、伸びをしながら小川俊樹《おがわとしき》は薄闇《うすやみ》に沈む窓の外へ目を向けた。年々、桜の開花は早まっているようで、東海圏では桜は入学式ではなく卒業式の花になってしまっている感があったが、このまま低温が続けば今年は真新しいランドセルに花びらを落とす満開の桜が見られるかもしれなかった。

伸びのついでに、俊樹はぐるりと首を回した。と、そのタイミングを待っていたように、

「小川、ファックス」

隣席の先輩社員である丹羽《にわ》が、ひらりと机上へファックス用紙を落としていった。

「ありがとうございます」

礼を言って、届いたばかりのファックスに目を走らせる。

俊樹が担当している丸徳《まるとく》商事からだった。『下記の部品が間に合わないと現地のラインが

止まります』と書き殴ってある。

書かれている部品番号と部品名をざっとチェックし、俊樹は腕の時計を見た。——六時五分前。終業時間ギリギリだ。受注オペレーターたちのいる手配島に視線を転じると、六人のオペレーターたちはもうそわそわと帰りの支度を始めている。

頭の中で段取りをさらう。……部品注文のインプットを明日に回せば、倉庫に走っても出荷は昼になる。だが、今日のうちに受注番号をもらっておけば、明日は朝一で倉庫に走ることができ、十時の物流に乗せて注文の部品を大阪に送ることもできるだろう……。

腹を決めて、俊樹は手配島に歩み寄った。アジア担当の金子《かねこ》ひろみの肩を叩《たた》く。

「ごめん」

それだけ言って片手で金子を拝み、片手で丸徳からのファックスを突き出せば、オペレーター歴の長い金子は察してくれた。

「えーまたですかー。小川さん、いっつもギリギリー」

そう言いながらも金子の表情には言葉ほどのトゲはない。手も俊樹が差し出す用紙を受け取ってくれている。

「ごめん、本当にごめん。金子さんにはいっつも迷惑かけて、申し訳ない!」

俊樹が両手を合わせると、金子は苦笑いを浮かべた。

「絶対今度、なにかおごってくださいよ」

「うん！　なんでもおごるよ！」

それだけの会話で、金子はすぐにインプットに取りかかってくれた。

慣れた金子の指がキーボードの上を走り、客先、出荷先、部品番号、個数と打ち込んでいく間、俊樹は見るともなしに受注グループの島を見回していた。受注グループは女性ばかり六名の島で、それぞれが担当区域を持っている。ヨーロッパ・アメリカ担当の者たちは、終業までの数分をおしゃべりと片づけで過ごすつもりらしい。対して、金子ともう一人のアジア担当者は忙しそうに端末に向かったままだ。

金子に対する申し訳なさとともに、俊樹は最近感じるようになった鬱屈《うっくつ》が、また胸の底に淀《よど》むのを覚える。

俊樹がこの愛知精巧《あいちせいこう》株式会社に勤めて丸三年になる。愛知精巧は主に自動車に使われる精密機器や部品を製造・販売する会社だ。もともとは愛知に本社を置く大自動車メーカーの下請けとして出発し、創業四十年、今では親会社のみならず国内外の自動車メーカーに部品を供給する一大企業に成長した。

日本の各自動車メーカーが国内生産したものを輸出するという古い形態から、外国に工場を建設しそこで現地生産する新しい形態へと変化するに従い、愛知精巧の海外市場も大きく発展した。

その愛知精巧に就職して以来、俊樹は海外営業部に所属していた。この営業部はさらに、統括課、ヨーロッパ担当の一課、アメリカ担当の二課、アジアとその他地域担当の三課に分かれている。ヨーロッパとアメリカには愛知精巧のグループ会社や工場がすでに設立されていて、現地には日本からも多くのスタッフや技術者が出向し、輸出入の業務も担当の子会社が行うシステムができ上がっている。そのため、一課二課の仕事は現地グループ会社と提携しての戦略的なマーケティングや営業企画が主となっている。

対して、三課担当のアジア各地には有力なグループ会社は置かれていない。駐在事務所が何ヵ所かあるだけで、部品の輸出も現地に太いパイプを持つ外部の商社が頼りだ。三課はそれらの商社とともに売り上げ増を目指し、現地のフォローにあたっている。

一課二課の仕事がよくできた親戚《しんせき》とのスマートなつきあいなら、三課は手のかかる他人との泥臭いつきあいと言えた。

その上に売り上げも、高級車がよく売れ代理店もしっかりしているヨーロッパ、アメリカが八割をキープしているのに対し、市場の多くを中古車が占め、非正規品の部品が横行しているアジア地区は伸び悩んでいる。そんな極端に差のある売り上げの多寡が各課の上下関係に影響していないと言えば嘘《うそ》だろう。

「……はい、受注表」

金子がオーダーのプリントアウトを差し出してくれる。はっと気づけば、受注グループはもう閑散としていた。

「ありがとう！　助かったよ。ごめんね、いつも」

感謝の言葉とともに受注表を受け取った。とにかく、これで明日には頼まれていた部品を商社に発送することができる。

「さっきの話だけど、金子さんにはホントお世話になってるから、今度夕飯でも……」

俊樹がそう言うと金子は意味ありげな笑いを浮かべた。

「うーん……小川さんと二人で行くなら覚悟がいるかも」

「覚悟って？」

「お局《つぼね》さまたちにやっかまれる覚悟」

金子は声をひそめる。まだ二十代前半の金子にしたら、職場の女性の大半は『お局さま』になるのだろう。

「情報早いんですよー、オネーサマたち。バレたら、わたし、いじめられちゃう」

「ど、どうして？」

わけがわからなくて聞き返す。

「小川さん、オネーサマたちに人気があるから。可愛《かわい》くてほっとけないって」

ああ、と俊樹は納得の苦笑いを漏らした。昔からやたらと年上女性にウケがいい。そのおかげでいい経験も悪い経験もした。

母性本能をくすぐるタイプだと言われたこともある。やや童顔な顔立ちと茶色がかった猫っ毛のおかげで、いつも年齢より必ず下に見られた。二十六になった今でもカジュアルな休日着の時には大学生に間違われる。どうも男性としての威圧感が少ないらしく、女性にはよく『可愛い』と言われてしまう。

身長は一七〇そこそこ、男にしては細身で、俊樹自身は情けなく思うこともあるのだが、そんなところも年上女性たちの保護欲をそそるらしかった。

「わたしも今、彼氏いるから一対一はマズイです。夕飯はいいから社食の食券一枚おごってください」

「わかった。じゃあ二枚おごるね」

「ヨロシク」

笑顔で返してくる金子に俊樹はなごむものを覚える。一課二課の部品発注はグループ会社から送られてくるだけあってシステム化されている。こんなふうに仕事の合間に心なごむような会話が営業と受注係の間で交わされているのを、俊樹は見たことがない。

アジア担当も悪いことばかりじゃない。俊樹は小さくほっと溜息《ためいき》を漏らした。

ファックスの送り主である丸徳商事の池田《いけだ》から電話があったのは、次の日の午後遅くだった。朝一でトラック便に乗せた部品が届いたらしい。

「小川さん、さっすがっすねー！　ブツ、受け取りましたよ。ありがとうございます。すぐに通関済まして香港《ホンコン》に送っちゃいますんで」

池田は今年三十歳になる。俊樹より四つ年上だが、基本、商社の人間はメーカーの人間に対して腰が低い。

「でね、小川さん、今月の最終週ってご予定いかがっすか」

「最終週ですか？」

卓上カレンダーに目をやる。三月の最終週には大きな予定は入っていなかった。

「小川さんがいいなら、年度末にちょーっとご挨拶《あいさつ》にお邪魔しようかなーと思って。こっちはもう出張予定入れちゃってるんすけど、いかがっすか」

「あーじゃあ、課長と部長にもアポ入れときますね。何日のご予定ですか？」

「研修生受け入れのご相談もしたいんで、二十六、二十七の二日でお邪魔します」

愛知精巧では自社の製品知識を深めてもらうため、国内外から研修生を受け入れている。部品の仕様を紹介するだけの簡単なものから、取りつけやメンテナンスの方法を学んでもらうものまで、研修生のレベルや希望に応じて様々なコースがある。

「わかりました。では近くなったらまた詰めましょう」

電話を切って俊樹は立ち上がった。

丸徳商事は大阪にあり、俊樹が勤務する愛知精巧本社は名古屋市内の外れにある。わざわざ池田が大阪から出てきてくれるというなら接待めいたことのひとつもしてやりたかった。

「課長」

課長席でPC《パソコン》相手にむずかしい顔をしている岩月《いわつき》に話しかける。三課課長の岩月は魚釣りが趣味だという、褐色に焼けた肌も逞《たくま》しい男盛りの三十代だ。

「今月の末なんですが……」

池田の来社を告げる俊樹に、ふんふんとうなずいていた岩月が、

「そこでちょっと接待費を……」

と持ち出したところで顔を上げた。

「……接待費か……」

「はい」

俊樹も背筋を伸ばす。長引く不況の中、経費削減はどの企業にとっても大事な努力目標になっている。

「……栄《さかえ》あたりに出るか」

岩月は名古屋市内で一番の繁華街を抱える街の名を口にした。

「はい。そのつもりです。池田さんにはいろいろこちらも無理を聞いていただいてますし」

「……だな。わかった。三万以内ならハンコをついてやる」

三万円だとタクシーチケットを使ってもぎりぎりだ。潤沢な接待費が認められている一課

二課とはここでも差がある。

「……わかりました」

「そんな顔、しゃーすな。安い店、教えたるでよー」

とたんに名古屋弁になった岩月はそう言って俊樹の腕をばんと叩いた。

「名古屋ゆうたら、やっぱ手羽先をお願いせんとあかんでしょう」

『今夜はおごります』と言った俊樹に、丸い顔に人の好《い》い笑顔を浮かべて、池田は庶民の味を選んだ。

栄に向かう電車の中での会話だった。

三月二十六日、愛知精巧に来社した池田は予定通りに部長との挨拶を済ませ、俊樹も同席して岩月課長と来期の見通しについて確認し合った。研修生受け入れについては大筋を詰め、明日、改めて研修センターにも俊樹の案内で出向くこととして、その日の夕刻には俊樹は池田とともに退社したのだった。

愛知精巧本社から名古屋市の中心部までは私鉄で三十分かかる。知多《ちた》半島に位置している工場への便を考えれば納得できる本社の立地選択だったが、交通の利便性を考えたら、もう少し中心部に近いほうがありがたかった。

会社から栄までタクシーを使うという選択肢もあったが、少しでも飲食のほうに予算を残しておきたくて、俊樹は電車での移動を選んだ。

「電車になってしまってすみません。かわりに今夜はご馳走《ちそう》しますから」

並んで座りながら俊樹が頭を下げると、池田は『気にせんといてください』と笑い、手羽先をリクエストしてきたのだ。

懐具合に不安がある俊樹にはありがたい希望だ。

「『世界《せかい》の山《やま》ちゃん』か『風来坊《ふうらいぼう》』がイケるゆうて聞いてきましてん」

どちらも名古屋では有名な居酒屋のチェーン店だ。相当に飲み食いしても一人頭五千円で足りてしまう。さすがに申し訳なくて、

「手羽先なら、小さい飲み屋ですが美味《おい》しいところがあります。そこにご案内しましょう」

俊樹は申し出た。少し値は張るが、名古屋コーチンの手羽先を出す店がある。だが、

「そこ、高うないですか?」

池田は率直に聞いてきた。

「え、え、まあ……でも高いと言っても知れてます、大丈夫です」

うろたえ気味な俊樹に、池田はひょいと顔を近づけてきて声をひそめた。

「食事はなんでもええんです。それよりちょっと小川さんにリクエストがありますねん」

「リクエスト?」

「夜ですがな、夜。名古屋の綺麗《きれい》どころに、案内してほしいんですわ」

「は、はあ……」

綺麗どころといえば風俗だろうか？　それともクラブ？　あまりそういう場所に縁のない俊樹にはどの店がいいのか、まったく見当もつかない。だいたい予算で間に合うだろうか？

俊樹の困った顔を見て取って、池田は大丈夫ですと手をひらひらと振ってみせた。

「店の名前も場所もちゃーんと下調べしてきてますねん。料金もバカ高いことあらしません。大丈夫です」

池田は仕事も熱心で、現地とのやり取りから輸出の業務まで安心してまかせられる相手だった。希望はかなえてやりたいと思うが……。

「すいません、どういうお店ですか？　ぼくはあまりそういう店に詳しくなくて……」

「そうですよね、小川さん、マジメそうですもんね。あれでしょ、小川さん、彼女とかいてはるんでしょ？」

俊樹は苦笑いを浮かべる。……よく言われるセリフだったが、俊樹の今の立場では苦笑するしかない。

「いえ。そういう色っぽい相手はいないんです。年中募集中で……」

実際は年中閉店中だ。今は恋愛がしたいともできるとも思えない俊樹だった。

池田は声を立てて笑った。

「ええわあ、年中募集中て。ほなら、こうゆう店誘ても問題ないですか?」

そう言って池田が背広の内ポケットから出してきたのは、何かの雑誌の切り抜きらしいフルカラーの紙片だった。

「ここ、ここ、ここですねん。場所、わかります?」

嬉《うれ》しそうに池田が指差した先では、派手なメイクといかにもなドレスをまとった美女が数人、カメラ目線で微笑《ほほえ》んでいる。

傍らの店舗案内に俊樹はざっと目を走らせた。——店は今から向かおうとしている栄の繁華街にある女子大小路《じょしだいこうじ》の一角だった。略図もついていて場所は問題ない。しかし……。

「ニューハーフバー?」

恐る恐る確認の問いを発した俊樹に、池田は大きくうなずいた。

「今ハマッてますねん。大阪ではミナミにある店、だいぶん行きましたでー。名古屋やったらこの店が一番て聞いて、楽しみに来ましてん」

「はあ……」

ニューハーフといえばいくら美しくても元は男だ。ハマるとか楽しみにするという対象になるものだろうか。俊樹の気乗りのしない様子に、池田は座席に腰かけたまま、ずいっと膝《ひざ》を乗り出してきた。

「ええですよーニューハーフバー。女の子は……女の子ちゃいまっけど……とにかくキレーさがハンパないんですわ。女のキレーより男のキレーほうが絶対上ですて」

いくら綺麗でも男は男だろうと俊樹は思ったが、目を輝かせている池田を見るとなにも言えなくなる。

「サービスええんですよお。大きな声では言えませんけど、お触りも全然厳しいこと言われません。むしろ、手間ひまかけて作ってある分、触ってほしいみたいなんですわ。それでいてフツーの女の子の店より安いんですて」

池田は言葉を重ねてくるが、俊樹にはどうにもそれが魅力的に聞こえない。黙り込んだ俊樹に、池田は焦《じ》れたようだった。

「別に会社の金で遊ぼういうわけやないです。俺、自腹切っても全然ええですし。でもせっかくやったら、小川さんと一緒に行きたいなあて……」

今夜はご馳走しますと言っておいて、店が気に入らないから接待しませんなどとも言えない。海外からの客を風俗の店に連れていくこともあるぐらいだ。バーなら充分に許容範囲のはずで、池田がムチャを言っているわけではなかった。

「……わかりました。ご案内します。……でもホントにこういうところ詳しくないんで、いろいろ教えてください」

そんな流れで、俊樹は初めてニューハーフバーなる場所に足を踏み入れることになったのだった。

切り抜きに紹介されていた店は女子大小路に林立する雑居ビルの中にあった。ネオンと酔客に溢《あふ》れた街を行き、目当てのビルに着く。ビルの入り口にある壁面パネルに、ひときわ目立って『BAR《バー》アナザーヘヴン』のネオンがあった。そのビルの三階フロアすべてが『アナザーヘヴン』になっているらしく、よその店舗のパネルを圧して、紫色のバックに金の飾り文字のパネルが輝いている。

派手だった。一番、派手だった。店の雰囲気がそのネオンに出ているようで、俊樹は引きそうになったが、池田は軽い足取りでさっさとビルの中に入っていってしまう。溜息を殺して、俊樹は池田の後に続いた。

入り口の脇《わき》にあるエレベーターで三階まで上がる。

再度、覚悟を決める間もなかった。エレベーターの扉が開くと、足を一歩踏み出すより早く、

「いらっしゃいませえー」

と、太い声や低い声、妙に甲高い裏声が美しくはないハーモニーとなって俊樹たちに浴びせかけられたのだ。エレベーターホールはなく、扉の外はそのまま『BAR アナザーヘヴン』の店内になっていた。

そこは異空間だった。

敷き詰められた真っ赤な絨毯《じゅうたん》、煌《きらめ》くシャンデリア、入り口近くに飾られた豪華な盛り花、そして、ピンクと紫が主体になった照明の中、スパンコールやレースをキラキラと光らせて

行き来する熱帯魚のようなホステスたち。まばゆくきらびやかで、しかし、どこか安っぽい虚飾を感じさせる夜の遊び場。

「いらっしゃいませぇ」

俊樹と池田がエレベーターから降りると、さっと二人のホステスが並んだ。見事なバストのチャイナドレス姿のホステスと、超ミニの白いフリルのキャミに身を包んだホステスがにっこり笑顔を向けてくる。

「この店、初めてなんやけど、遊ばせてもらえる?」

池田が物慣れた態度で声をかけ、

「あらーお客さん、大阪の人ぉ? ミカでーす。初めてのお客さんは大歓迎でーす」

パンツまで見えそうな白キャミが、腰をくねらせて池田に膝を折る。

——このノリ、ついていけるだろうか?

不安を覚えた俊樹に、チャイナドレスがにこやかに腕を差し伸べてきた。

「いらっしゃいませールリでーす。お席ご案内しまーす」

「よ、よろしく……」

俊樹は引きつる笑顔で頭を下げた。

店内は片側の壁際にずらりとボックス席が並んでいた。店の奥にはさほど広くはないものの一段高くなったステージのようなものがあり、今は七色の照明が妖《あや》しく踊るばかりだったが、どのボックス席もステージに向かって半円を描くように開いている。

ステージの手前にはカウンターがあり、そこには普通に白シャツに黒のベスト、蝶《ちょう》ネクタイというスタイルのバーテンダーが控えていた。店はそこそこの混み具合でボックス席もカウンターも半分以上は埋まっている。

俊樹たちが案内されたのは中ほどのボックス席だった。

「こちらのお店は初めてなんですって？」

ルリがぴたりと軀《からだ》を寄せてくる。俊樹が答えるより早く、

「初めて初めて！」

池田が大きな声で応じた。

「そちらさんは名古屋の人やけど、俺は大阪から出張やねん。この店ええわあ。カワイイ子ばっかやな」

「わあ、嬉しいこと言ってくれるぅ」

白いキャミソールのミカが池田に甘えるようにもたれかかる。

ルリもミカも妙にかすれた感じの裏声を聞かなければ、ステージ以外は薄暗い店の照明の下、姿だけなら本物の女性と見分けがつかない。それがかえって居心地《いごこち》悪くて俊樹の緊張は解けなかったが、池田はすぐにハイテンションに盛り上がり出した。

「オガちゃん、おとなしいのね」

苗字を名乗っただけですぐに『オガちゃん』にされてしまっている。過剰に示される馴《な》れ馴《な》れしさはやはり俊樹には居心地が悪かった。堅さの取れない俊樹の顔をルリが横からのぞき込んでくる。

「オガちゃん、このお店が初めてなだけじゃなくて、ニューハーフが初めてなんでしょ?」

「わ、わかりますか?」

「わかるわよぉ、プロだものぉ。苦手? アタシたちみたいなの」

「に、苦手じゃないです!」

俊樹は慌てて首を振っていた。こういう店に来たからには楽しむのが礼儀だとはわきまえている。懸命に言葉を探した。

「苦手じゃないですけど、皆さん、本当は男なんですよね? なんかヘンな感じで……」

「いやだ!」

ルリはわざとらしく唇を突き出してみせた。

「こっちが本当なの! 『本当は男』なんて言われたら、ルリ、悲しいぃ」

「ごめんなさい!」

急いで頭を下げる。しどろもどろにフォローのセリフを口にする。

「えっと……皆さん、あんまり綺麗なんで、とまどっちゃって……。生まれた時から女の子、みたいな……」

「あらー嬉しい！」

俊樹の必死の弁解をルリは接客のプロらしく、明るくはしゃいで受け止めてくれた。

「でも、わたしだって手術代が貯《た》まるまでは背広着て会社に行ってたのよー」

「え、そうなんですか？」

「そうよー。親にねだるわけにいかないじゃない？　タマタマ取るのにお金出して、なんて」

池田がテーブルを挟んだ向かい側で、がははと大声で笑った。

「ええなええなーそれ！　タマタマ取って胸つけてーて」

「みんな大変なのよー。だからね、このお店にいるコもいろいろよー。最終的にはアソコも作ってちゃーんと女の子の軀にしたいんだけど、いっぺんに手術できないじゃない？　工事中のコもいれば、綺麗なカッコしてるのが好きなだけっていう、全然いじってないコもいるのー」

自分の望む軀になるために金を貯め、手術する。それは俊樹にはずいぶんと重い話に聞こえたが、池田は感心したように声をあげた。

「ほおお、すごいなあ、みんな。せやけど、男のままのもおるて？　全然わからへん。みんなキレーやし。な、な、どうやって確かめたらええ？　胸とか揉《も》んで確かめてええの？」

そう言って隣に座るミカの胸元に手を伸ばした池田に、きゃあっと嬌声《きようせい》があがる。

「やん！　イケさん、すけべぇ！」

……なるほど。こういう場所ではこうやって遊ぶのか。自分にはマネできそうにないと思いながら、俊樹は作り笑いでグラスを口に運んだ。

「ルリちゃあん」

酒で潰《つぶ》れたのか、低く太い声がルリを呼ぶ。ひときわ貫禄《かんろく》のある着物姿のママが、テーブルの前でルリを手招いている。

「オガちゃん、ごめんなさい」

ルリがボックスから出ていくと、入れ替わりに「初めまして」と声がした。

顔を上げて、俊樹は固まった。

目を奪われるとはこのことかと思う。俊樹たちのボックス席の前で軽く膝を折って会釈をよこしているホステスから、俊樹は視線を外すことができなくなった。

綺麗だった。

池田が言うようにこの店はレベルが高いらしくどのホステスも綺麗だったが、『彼女』の美しさは特別だった。

メイクはさほど濃くないように見えるのに、顔立ちのバランスがいいのだろう、冷たいほどに整っていながら優美でもある面差しには華がある。ウイッグなのだろうが、ゆるふわカールのロングヘアがその非のない顔立ちによく似合っている。

黒のレースのボレロから目に染みるような白さの腕と胸元がのぞく。ボレロの下は真紅のチューブトップが胸を包み、肌の白さをさらに引き立てている。そして前面中央に大きなスリットの入った黒のロングスカート。スリットからはやはり真紅のレースがフリルになって溢れ、上着の黒のレースとあいまって、『彼女』を豪奢《ごうしゃ》に見せていた。

にっこりと『彼女』が微笑む。ほころびかけた花が一気に鮮やかにほどけて開くように、その微笑みはあでやかだった。

「お隣、失礼します」

『彼女』がルリのいた場所にするりと滑り込んできた。間近で見ても、やはりその美貌《びぼう》にはケチのつけようがない。

「……綺麗だ……」

思わず俊樹は呟《つぶや》いていた。

聞こえたのだろう、俊樹に向けられた『彼女』の口元が嬉しそうにほころんだ。

「レミです、よろしくお願いします」

名刺を差し出す長く白い指。赤く半透明に透ける紙素材の名刺には『BAR アナザーヘヴン　麗美《れみ》』とあった。

「麗美……名前、ぴったりだ」

またも呟きがこぼれてしまう。素直な褒め言葉への礼なのか、麗美はふわりと綺麗な微笑を俊樹に向けてくれた。

「え、麗美ちゃん!? ホント? うわーチョーラッキー! 俺、ネットで調べてきてん! 麗美ちゃん、一番美人て!」

「光栄です」

麗美が微笑みを池田に向けた瞬間、俊樹の胸に嫌なものが走った。ルリとの会話に割り込まれても平気だったが、今は主導権を池田に取られたくなかった。身を乗り出す。

「ぼく、ぼくは小川俊樹って言います」

「はい。小川さん」

『オガちゃん』と略されない。それだけでも嬉しくなった。

「そうです! 小さい川って書いて!」

麗美が小首をかしげた。

「じゃあトシキは?」

「えっと、俊足の俊に樹木の樹です」

「俊英の俊でもありますよね。いいお名前ですね」

俊足を俊英と言い換えてもらったのも嬉しい。が、さらに何か言おうと俊樹が口を開きかけたところで、

「俺は池田ですぅ。大阪から来ましてん」

池田が割り込んできた。麗美は小さく笑った。

「大阪の池田からですか?」

「ちゃいまんがな。名前が池田やて。……もしかしてわざとボケてはります?」

ミカが笑う。麗美も笑う。けれど俊樹は一人おもしろくなかった。

「麗美さんは……麗美さんは名古屋の方ですか?」

一生懸命話題を探しても、遊び慣れていない俊樹にはそれが精一杯の質問だった。

「いえ……名古屋にはここ四年ほど。その前はあちこち引っ越してばっかりでした」

麗美も裏声を使う。しかし、ルリやミカとちがって過剰に甘ったれた口調では話さない。間近に座っていても、手を太股《ふともも》に置いてもこないし脚を摺《す》り寄せてもこない。節度のある接客態度に俊樹はますます惹《ひ》かれた。

「ぼ、ぼくはずっと名古屋なんです。生まれも育ちも名古屋で……れ、麗美さん、名古屋はお好きですか?」

聞いてから、まるでお見合いのような質問だと思う。

「すいません。ぼく、変なこと聞いてますね……」

麗美が首を振ると、髪がゆるやかに揺れた。

「いいえ。レミも名古屋は好きです」

ぼうっとその笑顔に見蕩《みと》れていると、正面からミカの意地の悪い声が飛んできた。

「まーた騙《だま》されてるぅ! 麗美はエセニューハーフなんだから! おちんちんもタマタマも

ぜーんぶついてんのよ、そのコ！　お胸もパッドだしぃ！」

「いやだ、おねーさん、意地悪言わないで」

自分の軀のことをすっぱ抜かれて麗美は腰を浮かせた。怒った顔でミカを叩くマネをする。

そこへ、

「えーそうなの！」

池田が大仰に驚いてみせる。

「いじってないの!?　全然!?　でもめちゃキレーやし！」

「……ありがとうございます」

さっきまでの笑顔から一転、拗《す》ねた表情で麗美は池田に向かって頭を下げる。

「俺らと同じ軀でそこまでキレーってありえんし。あれ？　小川さん、どうしはったんです？

お口ぽかーん開いてはりますよ？」

指摘されて俊樹は慌てて口を閉じた。

麗美を見た瞬間からその美しさしか目に入っていなかった。ここがニューハーフバーだと
いうことすら忘れかけていたところに、『おちんちん』『タマタマ』と言われても、それが目
の前にいる麗美と結びつかない。

「ごめんなさい。驚かせてしまいましたか？」

麗美にそっとのぞき込まれる。今度はその整った顔には心配そうな表情が浮かんでいる。

「あ……いえ……そ、そんなにお綺麗なのに、ぼくと同じって……なんか、びっくりして。すみません、こういう店、慣れてなくて、ヘンなことばっかり……」

恐縮する俊樹に、長い睫毛《まつげ》が揺れる。麗美の瞳《ひとみ》になにか不穏な光が走ったように見えた。

「……小川さん、可愛い」

小さな呟きだったが、確かにそう聞こえた。

「え?」

麗美はにっこりと笑った。

「お店にも私たちにも、これから慣れてくださったら嬉しいです。……どうぞ。お飲みにならない?」

艶《つや》やかな麗美の微笑みに促されるまま、俊樹はグラスを傾けていた。


上機嫌な池田をタクシーに押し込んで、俊樹はふーっと息をついた。目の前に麗美の顔がちらついて消えない。くるくる変わる麗美の表情に見蕩れている間に、夢のように時間が過ぎた。店で一番と紹介されているせいか麗美目当ての客も多いらしく、麗美はあちこちのテーブルに呼ばれていたが、少しでも軀が空くとすぐに俊樹の隣に戻ってきてくれた。

気に入ってくれたのだろうかと思う。最後に店を出る時に、挨拶できなかったのは残念だったけれど……。

俊樹は小さく首を振った。

——馬鹿なことを考えている。どれほど綺麗でも麗美は自分と同じ男性だ。華やかに飾りつけられた暗い照明の店内では絶世の美女に見えたかもしれないが、しょせん、それはまやかしの姿。股間《こかん》に自分と同じモノがぶらさがっている相手の顔をうっとりと思い出すなんて、馬鹿らしいにもほどがある。

そう自分を叱《しか》り、俊樹は腕時計に目を落とした。まだ地下鉄の最終には間に合うはずだ。踵《きびす》を返して駅に向かおうとしたところで、俊樹の肩は激しくなにかにぶつかっていた。

「あ！」

「おう。どこ見て歩ってんだ」

顔を上げると、風体よろしくない三人連れに囲まれていた。派手な刺繍《ししゅう》の入ったスタジャンを着た奴、ライダースーツらしい革ジャンを着た奴、厚手のパーカーを着た奴と、どれも荒々しい雰囲気をまとった三人がつるんで俊樹の前に立ちはだかっている。

「いってえ！　俺、腕折れたかもー」

正面の革ジャンがわざとらしく腕を押さえる。

「はあ？　どーすんの？　どー落とし前つけてくれんの？」

「あ……す、すいません……」

「あ！　謝った？　ニイチャン、今謝ったね？　自分が悪いって認めんだー。話はええわ。なあ、財布見せてよ」

しまったと思っても遅い。三人は揚げ足を取ってずいずいと詰め寄ってくる。

「い、いやです！　なんで財布なんか……」

「あーいやがっちゃう？　いやがっちゃうんだ、自分が悪いのに？　じゃあもうこっちも勝手に取らせてもらうっきゃないわ」

男たちの手がにゅっと伸びてくる。うわ！と俊樹が鞄《かばん》を抱えて首を縮めたところで、

「ぎゃ！」

と悲鳴があがった。

「な、なんだ、おまえ！」

こわごわ目を開くと、端にいたパーカーの腕をひねり上げて麗美が立っていた。

「でけー女」

スカジャンが呟き、

「おねえちゃん、ケガしたくなかったらどいてろって。カッコつけてんじゃねーよ」

革ジャンがすごむ。麗美の顔が険しくなった。

「……カッコつけてんのはそっちだろう」

フルメイクの美女の朱唇からこぼれる、まがいようもない男の声。

「あ？」

その声にチンピラたちが虚を衝《つ》かれた次の瞬間――

「あだっ！　あだだだだ！」

大声が響いた。腕を肩の反対側にひねられてパーカーが激しく顔を歪めている。その腹に麗美の拳《こぶし》がめり込んだ。

「ぐえっ」

蛙《かえる》が潰れるような声を立ててパーカーがくずおれると同時に、ふわりと麗美のスカートが舞う。

「はあっ！」

鋭い気合とともに赤いレースが踊る。一瞬、白い脚が見えたと思ったら、革ジャンの顎《あご》に見事なハイキックが決まっていた。革ジャンが映画のようにのけぞり後ろざまに倒れ込む。

立て続けに仲間二人がのされてしまい、残るスタジャンは逃げるか立ち向かうか、ほんの数瞬、迷ったように見えた。

「こ、このオカマ野郎！」

腰を引きつつ虚勢だけは張る相手に、麗美の柳眉《りゅうび》が吊《つ》り上がった。

「……言ってはいけない言葉を言いましたね……」

低い声が地を這《は》う。

にゅっと麗美の腕が伸び、スタジャンの襟を引っ摑《つか》む。引きつった男の顔面を麗美の正拳《せいけん》が見舞う。

「ぎゃ！」

顔に痛打をくらい、男がくずおれるのを俊樹は視界の端で見た。

「早く！」

攻撃モードから一転した麗美に、手を摑まれて走り出していたからだ。

いくつかの路地を走り抜け、大通りに出たところでようやく麗美は足を止めた。

「あ、ありがとう……」

荒い息をつきながら、俊樹は礼の言葉を口にした。

「強いんだね」

「空手やってたから」

それはついさっきと同じ低い声だった。改めて『あ』と気づく。

握られたままの手に目を落とす。綺麗なネイルアートが施されていても、その手の大きさはやはり男のものだった。

「……ごめんなさい」

麗美がパッと手を放した。声は裏声に戻っている。

「最後に夢を壊しちゃいましたね」

「そんな……！」

「ご挨拶したくて追いかけたら、小川さん、ヘンなのに絡まれてて……頭に血が上っちゃいました」

その笑みが寂しそうに、俊樹には見えた。

「今夜はありがとうございました。気をつけてお帰りください」

ぺこりと頭を下げる姿に胸を衝かれる。そのままくるりと麗美は踵を返そうとした。

――そんな顔のままで店に帰らせたくなかった。

「待って！」

咄嗟《とっさ》に俊樹は麗美の腕を摑んでいた。目を丸くして麗美が振り向く。

「夢……壊れてなんかないです。麗美さんは、やっぱりすごく綺麗です。おまけに強くて驚いたけど、でもめちゃくちゃカッコよかったです。綺麗で強くて、すごいと思います」

懸命に褒め言葉を紡ぐ。

ふわりと麗美の顔に笑みが浮かんだ。

「ありがとうございます。……どうしよう、小川さん、可愛いです。連れて帰りたくなっちゃう」

今度は俊樹が照れる番だった。スマートに返したかったが、経験値の低い俊樹には洒落《しゃれ》た言葉は浮かんでこない。

「ま…また、お店に遊びに行きます」

そう返すのが精一杯だ。そんな俊樹に麗美は嬉しげな笑みを深めた。


月が変わった四月一日、愛知精巧では新入社員を迎えての入社式が本社最上階にある大ホールで行われた。

スーツ姿もまだ初々しい新入社員たちは社長をはじめとした重役たちの挨拶を受けたあと、配属先に連れていかれる。採用された職種や等級によって入社後の処遇は変わり、技術職は入社してから三ヵ月間、みっちりと研修を受けるが、事務職は入社後一ヵ月、午前中は研修、午後は配属された各部署で仕事というスケジュールになる。

その日の朝になって、俊樹たち営業三課にも一人、新人が配属されると知らせがあった。

「おみゃーも先輩だが」

岩月課長に俊樹はポンと肩を叩かれた。

営業三課の中で今は俊樹が一番若手だ。どうしても仕事には先輩から頼まれる雑務が入ってくる。それが嫌いだというわけではなかったが、入社して四年目、そろそろ後輩が欲しいと思っていたところだったから、嬉しかった。

男性だと聞かされた。

いい先輩になろうと思った。仕事はしっかり教え、でも、あまり厳しくなりすぎず、話のわかるいい先輩に。自分もそうだったが、入社したての頃はまだまだ学生気分が抜けていないものだ。社会人としてのマナーや考え方もちゃんと教えていかないと……。

昼休みが終わり、部長のもとに営業部員全員が集まった。部長の横に、営業部に配属される新入社員たちが緊張した面持ちで並ぶ。

俊樹は居並ぶ人の頭越しに懸命に首を伸ばした。

新入社員は男性二人、女性一人の三人だ。この男性二名のうち一人が営業三課に配属される。部長の隣に、見るからに体育会系のがっしりした体格の男とインテリっぽい雰囲気の細身の男が真新しいスーツに身を包み、並んで立っている。——どちらだろう？

「えー次に、営業三課に配属される秋葉範和《あきばのりかず》君。名大文学部卒業の秀才だ」

名大か、頭いいんだと感心する思いと、使いにくいかもしれないという思いが同時に兆す。

頭を下げたのは細身の男のほうだった。

「秋葉範和です。一生懸命頑張ります、よろしくお願い申し上げます」

凛《りん》と張るいい声で秋葉は挨拶し、丁寧に一礼した。改めて見れば、眉目秀麗という言葉がぴったりの整った顔立ちをしている。入社初日だから当たり前と言えば当たり前だったが、濃紺のスーツを一分の乱れもなく着用し、短めにカットしてある艶やかな黒髪もきっちりとセンターで分けてセットしてある。見るからに真面目《まじめ》そうな青年だった。

いい後輩になってくれるかもしれないと、俊樹は気持ちを持ち直した。

部での挨拶が済んだあと、新入社員は配属される課へと案内され、机を並べて仕事をすることになる同僚たちと改めて挨拶を交わす。岩月課長と新人の秋葉を中心に、俊樹を含む営業三課九名が円を作った。

「えー今日からウチの課の一員になる秋葉君です。あーまずみんな順番に自己紹介していってもらおうか。じゃあ……」

くだけると名古屋弁バリバリの岩月課長が標準語を使い真面目な表情で秋葉を紹介する。秋葉も硬い表情で円形に集まった課員たちをぐるりと見回した。その目がなぜか俊樹のところでぴたりと止まった。

「近藤《こんどう》です、年は岩月課長のひとつ下。アジア地域の主任を兼ねています、よろしく」

「よろしくお願いします」

「橋本《はしもと》です……」

「よろしくお願いします」

次々と課員たちが秋葉に向かって自己紹介していく。ひとりひとりに返礼する時だけ、秋葉の視線は俊樹から離れるが、すぐにまた俊樹へと戻ってくる。

——なんだろう？

秋葉の顔には表情がない。無表情なまま、じっと注がれる視線。不審な思いが湧《わ》いてくる。

俊樹の番になった。

「小川です。入社四年目になります。よろしくお願いします」

なにか俺の顔についてるか？　そう言いたくなるのを我慢しながら俊樹は頭を下げた。

「秋葉君には小川君の下について仕事を覚えてもらうことになるから」

岩月の言葉に秋葉の顔が動いた。首から下は微動だにせぬまま、顔だけがゆっくりと傍らの岩月に向き、改めて俊樹へと返る。入社したての緊張感もあるにしろ、まっすぐに立つ姿勢は鉄板でも背中に入れているんじゃないかと思うほどで、肩さえ動かさず、やけに整った顔をゆっくりとめぐらすその様子はサイボーグめいて見えた。

無表情に硬い顔の中で、形のよい唇だけが動いた。

「——秋葉です。いろいろ教えてください。よろしくお願いします」

よく通るいい声だったが、俊樹には顔と同様、声も感情をうかがわせない平板な冷たいものに聞こえた。

「こちらこそ、よろしく」

礼を交わし合う。

「じゃあ秋葉君の机は小川君の隣になるから」

岩月課長がぽんと秋葉の肩を叩いて紹介は終わった。

「秋葉君」

午前中、急いで庶務係が用意してくれた机に、俊樹は気を取り直して笑顔で秋葉を手招いた。第一印象で冷たそうだの、サイボーグっぽいだの、決めつけてつきあいたくなかった。良好であたたかな先輩後輩関係を築くのだ。

「ここが君の机。右隣がぼくの席だから、わからないことはすぐに聞いてくれたらいい。筆記用具やファイルなんかは机の上の……そう、その箱の中。足りないものは庶務係に申告してもらうことになるから。ノートパソコンでのネット利用は気をつけて。接続は電子管理室経由になるから、いつチェックされるかわからないからね。あと……パスワードとか必要なものはおいおい教えていくね」

俊樹の言葉を秋葉は『はい、はい』とうなずきながら聞いている。その視線は今度は頑《かたく》なに机に向けられ、俊樹を見ない。それはそれで不自然で気になってしまう。

「……そういえば」

俊樹は思い切って切り出した。

「さっきの紹介の時、なんかぼくのほう見てなかった？」

秋葉がようやく顔を向けてくる。黒々と冴《さ》えた瞳と白く整った顔からはなんの表情も読み取れない。

「――別に。小川さんを見ていたわけではありません」

言い切られてしまっては苦笑いを浮かべるしかない。

「そ、そうか。なんかこっち見てるみたいだったから、前にどこかで……」

「仕事の説明を続けていただけませんか」

秋葉は丁寧ながらきっぱりと俊樹の言葉を遮った。

「そ、そうだね……」

俊樹はせっかく浮かべた笑顔がヒクリと引きつるのを感じていた。


やっぱり苦手かも……。

秋葉の入社一日目が終わる頃には、俊樹はぐったりと疲れていた。

秋葉は場を和ませるための冗談口にも乗ってこず、ひたすら仕事と職場の説明を求めてきた。真面目なのはいいが、俊樹のほうが息詰まるようだった。もちろん、俊樹も秋葉にばかりかまっているわけにはいかない。自分の仕事もあるからだ。その中で、コピーやファックスといった作業やファイル整理などを秋葉に頼んだのだが、要領のいいらしい秋葉はすぐに『終わりました』と持ってくる。それもニコリともしない無表情で。

……疲れた。

秋葉をきっちり定時で上がらせたあと、俊樹は一人、溜息をついた。明日からもあの新人につきっきりかと思うと気が重くなる。

気分転換したかったが俊樹にとって一番の楽しみであり、活力を得ることのできる週末は終わったばかりだ。大事な人と会う、大事な時間。どれほど平日に疲れが溜《た》まっても、きっちりリフレッシュできる貴重な二日間だ。

その土日は終わったばかり。今日はまだ火曜日だ。——どうしよう。

ふと浮かんだのは麗美の顔だった。池田とともに店に行ったのは先週の水曜日だ。一週間前の客を、麗美は覚えているだろうか。今までそういった店に通ったことのない俊樹には、来店の間隔が一週間というのが長いのか短いのかわからない。

……でも、チンピラに絡まれているのを助けてもらった。麗美にとっても俊樹は印象深い客のはずだった。

きっと覚えてくれている。この前の礼も言いたい。

俊樹は腕時計に目を落とした。定時の六時を少し回ったところだ。七時まで残業して、それから出かければ栄には八時頃着くだろう。……行こう。

そうと決めると、落ち着かなくなった。

ペースの合わない新人のせいで溜まった疲れを晴らしてしまいたいのも本当だったが、麗美の顔が思い出されたとたん、一刻も早く会いたくなった。麗美の輝くような笑顔がすぐにでも見たかった。だが——、俊樹のそんな思いは『アナザーヘヴン』のボックス席についたところで裏切られることになった。

着物姿のママは俊樹の顔を覚えてくれていて、

「まああ！　嬉しいわ！」

と低く太い声で出迎えてくれたが、指名してテーブルに来てくれた麗美の顔には笑顔がなかったのだ。

「いらっしゃいませ」

今日はシルバーに光る素材の、スタンドカラーのワンピースに身を包んだ麗美はいかにも形式的に俊樹に向かって頭を下げた。

「あの……今日はこの前のお礼を言いたくて……」

いかにも気乗りのしない様子で隣に座った麗美に、それでも俊樹は笑顔で話しかけた。

「……お礼って？」

「ほら。ぼくがチンピラに絡まれてて、麗美さんが……」

「ああ、あれ」

麗美はつまらなそうに横を向く。

「わざわざお礼を言ってもらうことじゃありませんから」

「でも……」

この前とは打って変わった麗美の態度にとまどいながら、俊樹はきっちり頭を下げた。

「助かりました。ありがとうございました」

顔を伏せていて麗美の表情は見えなかったが、ふーっと溜息の音が聞こえた。

「……小川さんって、真面目よね」

「え？」

「いかにも遊び慣れてませんって感じ」

今日初めての笑みが麗美の顔に浮かんだ。しかしそれは『冷笑』あるいは『嘲笑《ちょうしょう》』と分類されるものだ。

「小川さんみたいな人は、こういう店、あんまり来ないほうがいいんじゃないの」

胸に衝撃があった。俊樹はおかしいほどにうろたえた。

「ぼくみたいな人……？」

麗美を見つめて問い返すと、ふいっと顔を背けられた。

「だから小川さん、真面目すぎるもの。ホステスの嘘とか本気にしちゃうでしょ。あれぐらいのことでお礼とか言い出すし……」

「……ぼくが今日来たのは、迷惑でしたか……？」

必死の思いで俊樹がなんとか発した問いにも、頑なに顔を背けたまま、麗美は返事をしようとしない。

「……わかりました」

俊樹は立ち上がった。

「帰ります」

ボックスから出ると、目敏《めざと》くママが飛んできた。

「あらぁもうお帰りですか?」

物問いたげな視線が麗美へと走る。麗美はやはりそっぽを向いたままだ。

「ちょっと麗美ちゃん……」

「ちがうんです! ぼくが……その、用事を思い出して! 急いで帰らなきゃいけなくなって……それで……」

「まあぁ……じゃあまた今度はゆっくり遊びにいらしてねえ。絶対よ?」

俊樹の嘘はばれていただろうが、ママはそう言うと、そつのない笑顔で俊樹を送り出してくれた。そんなママのフォローは嬉しかったが、麗美の冷淡さは俊樹の胸にぐっさりと刺さったままになった。

落ち込む必要なんかないと自分に向かって強弁する。

たかがニューハーフバーのホステスだ。本気で好きになった相手に振られたわけでもなんでもない。初回はずいぶんと愛想よくもしてくれて、別れ際にはいい気持ちにさせてもらったけれど、しょせん水商売の気まぐれだったのだ。

それに、なんと言っても相手は男だ。どれほど綺麗に装い、見た目には華やかな美人でも、股間には俊樹と同じモノがぶらさがっている相手なのだ。冷たくされて落ち込む必要もなければ、傷つく必要もない。

……そう、頭では割り切れるのに。気持ちはずんと沈んだまま、浮上してこなかった。どれほど、あれは男だ、男に冷たくされて落ち込むなんて馬鹿げていると頭で繰り返しても気分は簡単に切り替わらない。

次の日、出社しても俊樹の気は晴れないままだった。

「——どうしたんですか」

ついには新入社員の秋葉にさえ、そう聞かれてしまった。

「どうって……」

「今日は溜息ばかりですよ」

「あ、ああ、そう？　ごめん……」

隣の席から俊樹を見る秋葉の眉間《みけん》にかすかに縦皺《たてじわ》がある。今時の若者らしく、細く弧の形に整えられている眉《まゆ》が寄せられていた。

それは入社二日目にして初めて秋葉が見せた感情の片鱗《へんりん》だったが、能面のような無表情が崩れたかと思えば、現れたのは俊樹の溜息を咎《とが》めるような不機嫌な表情だ。本当にやりにくい相手だと俊樹はまたひとつ溜息をつきたい気分になった。

「ちょっとイヤなことがあったから」

軽く流すつもりでそう言って笑って見せたが、

「イヤなこと?」

秋葉は眉間の皺を深くして聞き返してきた。

「仕事のことですか?」

「いや」

「じゃあプライベートですか?」

やたらとしつこい。『うるさい』と返すのは簡単だったが、入ったばかりの新人にあまり邪険な対応はしたくない。仕事以外で初めて秋葉が質問してきたことでもあった。

誰《だれ》かにこぼしてみたい気持ちもあったのかもしれない。

「その、秋葉君は……クラブとかバーとか……そういうところで遊んだことはある?」

秋葉の頬《ほお》がぴくりと動き、すぐまた元の感情の読めない顔に戻る。

「いいえ。つい先日まで学生でしたから」

「そうか……。ぼくもね、社会人は四年目なんだけど、あんまりそういう店で遊んだ経験がなくて……真面目でつまんないヤツだなあって自分でも思うんだけど」

「そういう店でうまく遊べないからって落ち込んでたんですか?」

身も蓋《ふた》もない言い方をされる。

「いや、そうじゃなくて……その、ホステスさんの気持ちとか、もっとわかるといいのにななあって……」

秋葉の顔がさらに険を含んだものになった。軽蔑《けいべつ》の気持ちがあるのだろうか。

「相手は水商売でしょう？　そんなところで働いてる人間の気持ちなんかわからなくても、普通は全然困りませんよ。失礼ですけど、小川さんにバーとかクラブとか似合わないと思います」

昂然《こうぜん》と言い切られる。選ぶ言葉のきつさは、優等生でやってきただろう秋葉の冷たい傲慢《ごうまん》さを表しているように俊樹には感じられた。それでも、

「そういうものの言い方はどうかな。水商売ってバカにした言い方してるけど、彼らは接客のプロだろ。楽して遊んでお金をもらえるほど、甘くないと思う」

俊樹は反論せずにはいられなかった。秋葉は瞬間、驚いたように目を丸くしたが、すぐに冷たい無表情に戻した。

「小川さんは真顔でそういうことをおっしゃるんですね」

呆《あき》れたとでも言いたいのだろうか。

「……盛り場が似合わないのは自覚してるよ……」

低く呟いて返し、俊樹は窓の外へと目をやった。

中庭の三本並んだ桜の樹が視界に入る。――願っていた通り、名古屋の桜は四月に入ってからほころび始めた。これなら八日頃にはちょうど満開になっているだろう……。

「――そうだ」

話を仕事に戻すつもりで秋葉を振り返った。

「来週の火曜日、半休使って午前は休みにしてあるんだ。君がこのフロアにくる一時にはぼくも出社予定でいるから、君の仕事には支障はないと思う」

「火曜というと八日ですね。なにかあるんですか？」

「私用でね」

さらりとかわす。秋葉に説明する気はなかった。

秋葉も重ねては尋ねてこない。ただ、じーっと俊樹の顔を見つめてくる。ややあって、

「……小川さんには溜息は似合わないです」

と、話を蒸し返してきた。

「水商売をバカにするつもりはありませんでした。でも、そういう店でなにがあったにしろ、小川さんが気に病む必要はないです」

きっぱりと言い切られる。

悩みや落ち込みに無縁そうな、クールな美貌。こいつなら本当になんでもすっぱりと割り切って平気だろうなと俊樹は思う。それでもフォローの言葉らしきものを口にしてくれた秋葉に、

「そうだね。気にせずにおくよ」

笑顔を作ってそう返したが、秋葉はやはりニコリともしなかった。

2

——まただ。

左の席からの視線に俊樹はそっと奥歯を噛《か》み締める。

見られている。秋葉に。じっと。

どうかしたのかと問いただしてみても、なにもありませんと答えが返ってくるのは、もうわかっている。

席についている時だけではない。なにをしていても秋葉の視線を感じる。これはあれだろうか、初めて社会人になった秋葉には俊樹が親鳥のように見えるのだろうか。

そう考えてみようともしたが、無表情な白い顔が常に静かに自分に向けられているのは不気味以外のなにものでもない。無言の視線攻撃に俊樹は苛立《いらだ》ちを超えて疲労感さえ覚えていた。

視線のことだけではなく、俊樹にとって秋葉は扱いにくい新人だった。

俊樹のように、業務遂行も大切だが職場での人の和を大切にしたいタイプから見ると、秋葉はややコミュニケーション能力に欠けるように感じられた。

もちろん、秋葉は誰にも礼儀正しく、挨拶も大きな声できっちりとできる。上司に対していきなりタメ口で馴れ馴れしくなる者も多い最近の新入社員の中では、尊敬語謙譲語丁寧語を使い分けて会話のできる秋葉の評価は高い。ただ、俊樹にはその堅さがどうにも引っかかるのだ。

「こんにちは。今日は損益分布表作成の研修が長引いてしまい、こちらに来るのが遅くなりました。すみませんでした」

部署に来るのが五分遅れただけで、どこのデパートで研修を受けてきたんだと聞きたくなるような腰から四十五度に折ったお辞儀をよこす。

それが悪いわけではもちろんない。だが、五分程度の遅刻なら、もっとソフトに、もっとにこやかに流してくれたほうがこちらもやりやすいのにと、俊樹は思わずにいられない。

硬すぎる表情。崩れない会話。

俊樹とはタイプがちがいすぎるのかもしれなかった。

「明日からは人事の採用教育係担当の方に、きちんと時間には配属先に行けるようお願いしてみたほうがいいでしょうか」

「いや……」

誰がそんな嫌みなことをしろと言うのか。理詰めでまっすぐな秋葉に疲れるのはこんな時だった。

「君たちは五月の連休明けまでは研修期間なんだから。研修優先でかまわないよ……」

「わかりました。ありがとうございます」

そこでニコリとでもしてもらえればこちらの印象もずいぶんとちがうだろうに、秋葉は眉ひとつ動かさない。鬱陶《うっとう》しいと言っては言いすぎだったが、俊樹にとって秋葉は可愛い後輩とは言いかねた。

その上に秋葉はできすぎるほど仕事ができた。

入社後すぐに、俊樹は秋葉の能力の高さを見せつけられることになった。

「台湾《タイワン》からファックスです」

用紙の束を持って、秋葉が俊樹に届けに来た時だ。

「ああ、ありがとう。それは課長に……」

「すみません。差し出がましいとは思うのですが」

と、秋葉は切り出した。

「台湾に愛知精巧の工場が建設される予定があるんですか？　これはその契約書の叩き台のようなんですが……」

秋葉が言うようにそれは英文十数枚に及ぶ工場建設契約の叩き台だった。秋葉がファックスを取りに行った短い時間ですでに内容を把握していることに軽く驚きながら、俊樹はうなずいた。

「よくわかったね。そうだよ。最終的な契約は本社の重役がするんだけど、それまでの摺り合わせは事業部の仕事だから」

「かなり日本サイドに不利な条件を提示されているようなんですが、いいんでしょうか」

「不利って？」

「保証金の負担が日本というのはわかりますが、工事延滞時の責任もすべて日本とあります。ざっと見ただけなのでわかりませんが、ほかにも引っかかるところが何ヵ所か」

「え、ほんと!?　そんなこと書いてある!?」

秋葉から受け取ったファックスの束を慌ててめくる。どのページも英文がぎっしりで、相当落ち着いて読まなければ意味をくみ取ることは俊樹にはできそうになかった。

「……すまない、工事延滞時のことはどこに……」

「ここです」

秋葉は迷わず俊樹の手元を指差す。……教えてもらえばそこにある英文の意味することは読み取れたが、まっさらな状態から探せと言われたら……。

「……すごいね」

「なにがです？」

真顔で問い返されて、褒めるのもあほらしくなる。

「岩月課長に、君が気づいたことも伝えて渡しておいて」

「はい」

英語が自在に操れるだけではなかった。秋葉は人の名前と顔を覚えるのも早く、

「伊藤《いとう》次長、おはようございます」

一度挨拶を交わした相手は決して忘れなかった。馴染みの薄い他部署の上司など咄嗟に名前が出てこず、俊樹のほうが教えてもらうことすらあった。

毎日プレスのきいた真っ白いワイシャツにシンプルなデザインのネクタイ、皺ひとつない紺色のスーツをまとった秋葉は、よく言えばストイック、悪く言えば息詰まるイメージだ。

いつもピシッと背筋を伸ばし、服装にも髪にも一分の乱れもない秋葉を評して、口の悪い社員たちは『サイボーグ』とあだ名をつけたが、それもわからないではなかった。

間近でその記憶力や能力の優秀さを見せつけられている俊樹には秋葉は本物のサイボーグなんじゃないかとすら思えた。

サイボーグからの執拗《しつよう》な視線。——怖すぎるだろー。俊樹は口の中だけでぼやいた。


そんな俊樹の思惑とは関係なく——。

新入社員の歓迎会が営業部で行われることになった。外資系や金融などに勤める大学時代の友人たちに聞くと、経費削減もあって歓送迎会の類《たぐい》は廃れてしまっているらしい。

だが、地元に本社と工場を置いて発展してきた愛知精巧のようなメーカーはまだまだ体質

数年前から忘年会から慰安旅行まで健在だ。

そうは言ってもやはり昔ほどのゆとりはなく、俊樹たち営業部の宴会も本社から歩いて数分の研修センターの大広間で行われることが多くなった。お膳《ぜん》は仕出しを頼み、酒は近所の酒屋に配達してもらう。手配する幹事は大変だったが、出費は店を使う場合の半分近くにまで抑えられた。

その夜も、三十畳ほどの畳敷きの広間にずらりと並べられた長机の前に、営業部総勢五十人近くが座り、賑《にぎ》やかに新入社員歓迎会が行われた。歓迎会では新人が主役だ。今年配属された秋葉をはじめとした三人は部長の隣に並ばされ、乾杯を受ける。

まだまだ若手の俊樹は雑用をする必要もあり、末席近くだ。そこから遠目に見ると、秋葉はこんな酒の席でもきちんと正座している。

ふと、窮屈じゃないんだろうかと疑問が湧《わ》いた。揺らがない姿勢、感情の出ない顔。四六時中そんなふうで、息が詰まらないんだろうか？

「おーい！　ビールなくなったぞー！」

遠慮のない岩月課長が空になったビール瓶を振る。

「課長、ペース早いですよ！」

大声で返しながら立ち上がった。部屋の隅に置いてあるビールケースをのぞき込むと、すでにどれも空瓶ばかりだ。

「マジ早いし」

呟いて、俊樹は部屋の外へと出た。部屋の入り口にある靴箱から自分の靴を取り出す。まだ一階に何ケースか届いていたはずだ。

「おーい、誰か手伝ってくれー」

声をかけても誰かが出てきてくれる気配はない。……しょうがない。若手の男性社員の仕事と割り切った。

エレベーターで一階に降り、広々とした玄関ロビーに出る。やはりビールケースがまだ数箱、入り口近くに積まれたままになっている。確か階段下に台車があったはず……取りに行こうと踵を返しかけて、俊樹はヒッと息を飲んだ。音もなく真後ろに人が立っていたのだ。秋葉だった。

「あ、秋葉君か。び、びっくりするだろ……」

「手伝いに来ました」

嫌みなほど優秀な後輩は笑顔も見せず、そう言う。

「いいよ。君は今日は主役なんだから」

「でも、わたしは小川さんの後輩です。小川さんのお仕事を手伝うべきだと思います」

生真面目に言い返される。本音を言えば、苦手意識があるだけではなく、本心が見えなくて少々怖いところのある後輩に手伝ってもらうより、大変でも一人で運んでしまいたかったが、ここで断るのも角が立ちすぎる。

「そ、そう？　じゃあ……ビールを上まで運ぶのを手伝ってもらえるかな」

「はい」

うなずくなり秋葉はビールケースへと歩み寄ると、軽く腕をまくり、二ケースを重ねて一度に持ち上げようとした。

「ちょ、ちょっと待てよ！　それ無理だろ！」

「無理じゃありませんが？」

言葉通り軽々と二ケースを持ち上げ、秋葉は俊樹を振り返った。

「いいから置いて！　台車を使うから」

「ああ、そうですか」

「……本当にサイボーグみたいだな」

つい、呟きが漏れてしまった。

「サイボーグ？」

ケースを下ろした秋葉がさすがに怪訝《けげん》そうに尋ねてくる。

「いや、君はほら、なんでも器用にこなすだろ？　だから人間離れしてるっていうか……」

「そうですか？　けっこうドジですよ」

「……君ほど優秀な人間がドジとか言うなよ……」

「小川さんに優秀だと言っていただけるのは嬉しいです」

そう言って、やはり能面のような顔で秋葉はじっと俊樹を見つめてくる。シンとした広いロビーの片隅で、言葉もなく注がれる視線。居心地が悪くて、

「台車はどこかな」

俊樹はくるりと背中を向けた。

台車は階段下ですぐに見つかり、玄関に戻った。秋葉はやはり二ケースを一度に台車に積み出す。

「すごいな。ビール二ケースいっぺんって」

思わず俊樹は呟いていた。

背は俊樹より頭半分、高い。肩幅も俊樹よりは広いが、それほどがっしりとしているようには見えない。腕まくりされたシャツから伸びる腕も日焼け知らずの白さで、アウトドアで鍛えられたようにも見えなかった。それでもシャツごしに動く肩や背中、腕の筋肉には存在感があり、よく引き締まった筋肉がバランスよくついているタイプのようだった。

「昔から鍛えてましたし。それにバイト先でもよくこういう力仕事を頼まれてたんです。筋肉ついちゃうといやだって言う人が多くて……」

多くて、の語尾がすっと口の中に消えるように途切れた。あれ?とは思ったが、さして気に留めなかった。秋葉のプライベートに興味はない。

「飲食店でバイトしてたんです」

「へえ、そう」

気のない相槌《あいづち》を打ちながら、俊樹はビールケースが積まれた台車をぐっと押し出した。

その拳に、横合いから白い手が重ねられる。

「な、なに。いいよ、一人で……」

「……小川さんの手はあったかいですね」

背中を冷たいものが走った。

「な、なに言ってんだ！」

思わず叫んで、俊樹は秋葉の手の下から慌てて自分の手を引き抜いた。

「……すみません」

秋葉が俯《うつむ》く。さすがにその顔がしょげているように見えた。

「あ……ごめん、びっくりして……」

秋葉の唇がなにか言いたげに開きかける。今度はなにを言い出す気か。じっと自分を凝視してくる秋葉の黒い双眸《そうぼう》が脳裏をよぎる。

「ビール！　早く持っていかないと！　じゃあ台車押すのは頼む」

俊樹は咄嗟に秋葉の言葉を遮っていた。

その時、俊樹はおもしろいものを見た。言葉を遮られて残念そうだった表情が、いつもの

おいしいビール
KIREN
おいしいビ
KIRE

白い無表情の中にスーッと溶け込むように消えたのだ。

「……はい」

無表情に戻った男は従順に台車を押し出す。

――今のはなんだ？

なにかすごいものを見たような気もしたが、急に気が変わっただけかもしれない。考えてもわからないし、わかりたくもなかった。

広間に戻ると、

「遅いぞー!!」

岩月課長のどら声が響いた。

「すみませーん！」

ビール瓶を配るのに忙しくなり、俊樹はほっとしたのだった。


新入社員事務系の午前研修はほぼ一ヵ月で終わる。五月の連休明けから新入社員たちは一日それぞれの配属部署で仕事に励むことになる。

研修期間中はきっちり六時の定時に上がらせていたが、これからは仕事の状況に応じて残業してもらうこともあるかもしれないと告げると、秋葉は几帳面《きちようめん》にうなずいた。俊樹にとってはやはり扱いづらい後輩だったが、真面目で熱心なのは否定できない。

「けっこう使えそうだがぁ」

連休明けのある日、俊樹は席に来た岩月課長にそう声をかけられた。顔を上げると、岩月は視線をコピー機の横にいる秋葉に飛ばし、顎をしゃくった。

「秋葉君ですか？　……ええ、物覚えも早いし、有能です」

「研修中の成績もダントツだったて、人事のが言うとりゃーしたわ」

「……そうですか」

心中複雑とはこういう気分なのだろう。指導している後輩が評価されるのは嬉しいが、その後輩が明らかに自分より優れているとなれば、単純に喜んでばかりもいられない。

そんな俊樹の思いを知ってか知らずか……おそらくは気づかぬまま、岩月は意味ありげな笑みを浮かべると、俊樹の肩を小突いた。

「うかうかしとれんが。抜かれんようにせな」

「——はい。頑張ります」

名古屋弁での励ましを俊樹はなんとか笑顔で受け止めた。——まさか、それから数ヵ月もしないうちに、その岩月の言葉を最悪に嫌な形で思い出すことになるとは予想もせずに。

「コピー取ってきました。金子さんにインプットお願いすればいいですか？」

課長と先輩に褒められたとは知らない秋葉が席へと戻ってくる。

「うん。受注表が出てきたら納期を一度チェックして」

「はい。それと、この香港からのオーダーなんですが、チューブだけ納期が遅れるんです。出荷はどうしましょう？　来た順に出していいですか？」

「いや、それは物流止めにしておいて、出荷はケースナンバー揃《そろ》えて出して。チューブないとほかの部品も使えないから」

「わかりました」

確かに秋葉は『使える』人材だった。商社からのオーダーを手配島に依頼して受注する仕組みも、出荷の流れもしっかり把握している。サイボーグとあだ名されるほどの能面でも、礼儀正しい挨拶と節度ある会話のできる秋葉は、決して嫌われてはいない。

いい後輩ではあるのだ。……できすぎるところと少々不気味なところを除けば。

俊樹が自分の仕事に戻ろうとした時、外線電話が鳴った。素早く秋葉が取る。

「小川さん、三番に丸徳の池田さんからお電話です」

電話の応対もそつのない秋葉に取り次がれて、俊樹は受話器を手にした。

「はい、お電話代わりました、小川です」

「毎度です ー小川さん」

電話口から陽気な池田の声が流れ出す。

「今、取り次いでくれはったの、新人さんですか？　ええ声ですねー」

「本人もいい男ですよ」

「男のカッコした男には興味ありませんけど」

と、池田は声を潜めた。

「小川さん、会いに行ってはります？　あの…麗美ちゃん」

「……いえ、あれからは、一度だけ」

「あーもったいないわー。近かったら、俺、毎日でも通うのに」

本当に残念そうに小声で池田はぼやく。

「まあ毎日じゃ財布が持ちませんけどね。……すいません、この前のオーダーですけど」

切り替えよく仕事の話に戻る池田に俊樹も応じる。

五分ほどで電話を終え、俊樹はふっと溜息をついた。

――あんな態度を取られていなければ、毎日ではないにしろ、自分も週に一度は麗美に会いに行っていたかもしれない……。

男だとわかっている。しかも、同僚のホステスの言葉が本当なら、麗美はどこも工事していない素のままの男であるらしい。

だがどうしても、記憶に残る美しい笑顔が自分と同じ男のものだとは思えなかった。

何度も会いに行っていたら、やっぱり同じ男だと感じる部分があったろうか。そうしたら、こんなふうに思い出すたび哀《かな》しい気分にならずに済んだだろうか。

あの冷淡なあしらいから一ヵ月、さすがに胸の痛みはもうなかったが、それでも初めて店に行った時の楽しさを思い出すと切なく疼《うず》くものがあった。

誰かと恋愛関係を持ちたいとも、その資格があるとも今は思えない俊樹だったが、麗美の記憶はなぜか鮮烈だ。あれは一目惚《ひとめぼ》れだったのかもしれないと俊樹は苦く認めるようになっていた。

「小川さん」

物思いにふけっていた俊樹は秋葉の呼びかけにびくっと軀を震わせた。

「あ、ああ、ごめん、ぼうっとしてた。なに?」

「さっきの電話の池田さん、よくこちらにいらっしゃるんですか?」

「え?」

秋葉は平静な顔で続けた。

「まだお電話でしかご挨拶したことがないので、近々、お目にかかれるのかと思いまして」

「ああそうか。半年に一度ぐらいかな、池田さんがこっちに来るの。秋葉君が入社するちょっと前に来たばっかりだから、当分はないんじゃないかな」

「そうですか」

「おもしろい男だよ。さすが大阪人ってカンジで」

「……遊び慣れていらっしゃるのかもしれませんね」

「うん、そうそう。明るくてね」

『アナザーヘヴン』でも池田は終始リラックスしてホステスたちとの会話を楽しんでいた。ホステスたちもやはり場慣れしている池田の相手はやりやすいのか、身をくねらせたり、吹き出したり、楽しそうだった。そんな、池田中心になりがちだったテーブルで、麗美だけはなにかと俊樹に話しかけてくれていて……。

池田だったら、麗美にあんな冷たいことを言われることはなかったんじゃないか。つい、また考えがそちらに流れそうになって、俊樹はふるっと首を振った。

「……遊びと言えば」

秋葉が切り出した。

「小川さんは休日はどうやって過ごされてるんですか?」

来た、と俊樹は身構えた。

秋葉は以前から俊樹のプライベートについて尋ねてくることがあったが、例の新入社員歓迎会以来、それはかなりしつこいものになっている。

「フツーだよ。洗濯したり掃除したり」

早く会話を切り上げたくて、当たり障りなく答える。

「デートとか?　つきあっている相手はいらっしゃらないんですか?」

「そういうことに興味がないんだ」

素早く答える。

執拗な視線や台車を押す手に重ねられた手の意味を、俊樹は秋葉に問いただしたいとは思わない。無表情なくせに時に絡みつくようなものを感じさせる秋葉の言動を、俊樹は理解したくはなかったからだ。

「じゃあ、外出とか、あまりなさらないんですか？」

「うーん、まあ……」

言葉を濁すと、秋葉が居住まいを正した。いつもよりさらに背筋をピンと伸ばし、俊樹に向かい合うほうへ椅子《いす》を回してくる。

「小川さん」

「はい」

重々しい切り出しに、俊樹のほうも無意識に姿勢を正す。

「小川さんは熱田《あつた》神宮のそばにお住まいでしたよね？　わたしは大学からずっと名古屋なんですけど、まだ熱田にお参りに行ったことがないんです」

それは生粋の名古屋人である俊樹にとってはあまりに意外な発言だった。

「え！」

俊樹は大声をあげていた。

「ホント!?　熱田さん、行ったことないの？」

「ええ……」

「うーわー!」うっそ! よそから来るとそんなもん? もうなにかっていうと、すぐ熱田さんだよ、名古屋人は！　……あ。もしかして、なにか宗教的な理由とか？」

「いえ。わたしはごく一般的な日本人だと思います。ですから今度、小川さんにお休みの日にでも案内していただけないかと……」

それが言いたかったのかと思い当たる。冗談ではなかった。地味ではあるが、熱田神宮は名古屋のカップルたちのデートスポットのひとつでもある。そんな場所に秋葉と二人で行く気はない。

「あー！」

手を打ち合わせて大げさに声をあげる。なんとか誤魔化して終わりたい。

「もしかしてひつまぶしも食べたことないとか？　ダメだよ、それは。味噌煮込《みそにこ》みうどんはともかく、ひつまぶしはトライしないと！」

「……お勧めの店があるなら、連れていってください」

「エビフライが名古屋の味とか言われてるけど、あれは心外だよなあ」

俊樹が騒いでいると、俊樹の右隣に座る丹羽が首を伸ばしてきた。

「なになに。熱田に行ったことがないって？」

「そうなんですよー。びっくりですよね」

「ひつまぶしはうまいよな」

今度は前の席から片岡《かたおか》が話に入ってきて、三課の島はひとしきり名古屋文化の話で盛り上がった。

「あ、そうだ。この前のファックスは……」

やっぱり初詣《はつもう》では熱田だよなと結論が出たところで、俊樹は自分の仕事に戻ろうと机の上を探った。と、隣から重い溜息が聞こえる。

「小川さんは、はぐらかすのがお上手ですね」

見れば、いつもの無表情にわずかに恨めしそうな色を乗せて秋葉がじっとこちらを見ていた。ここで動揺を見せてはいけない。

「え？　は、はぐらかすって？」

俊樹は白々しく問い返した。秋葉はもう一度ふっと息をついた。

「……丸徳からのファックスなら、クレーム関係のファイルに綴《と》じていらっしゃいませんでしたか？」

「あー、ホントだ。あったあった。……あー部品手配しないとー。金子さん、いるかなー」

ファックスに目を落としながら、もうさっきまでの会話は完全に終わったフリで立ち上がれば、

「わたしが頼んできます」

秋葉はやや乱暴に俊樹の手からファックス用紙を奪い取った。

そんなふうに、秋葉から時折投げかけられる意味深な言葉をスルーしつつ、俊樹の日常は特別な波乱もなく過ぎていった。

鬱陶しい梅雨《つゆ》の季節を迎えた、六月も半ばのある金曜日までは——。

その日は朝一から、俊樹は岩月課長に、秋葉は二課の新崎《しんざき》課長に、それぞれ別の小会議室に呼び出された。

一般業務の話なら大抵は席で済む。わざわざ秋葉とは別に呼び出されたということは……。嫌な予感を覚えながら俊樹が第二会議室のドアを開くと、岩月は窓際に立って外を見ていた。

「どうだ、最近。仕事のほうは」

『仕事はあんじょう、いっとりゃーすか』と名古屋弁では尋ねてこない。岩月も緊張しているのだ。

「——はい。おかげさまで」

「小川は評判いいぞー。商社にもな。熱心で親身になって仕事を進めてくれるってな」

「……ありがとうございます」

褒め言葉を口にしながら、岩月が自分のほうを見ようとしないことに俊樹は気づいた。嫌な予感が現実味を帯びてくる。

「……アジアはな、ややこしい市場なんだよ。本体の車自体、日本からの正規輸出より盗難車や事故車が流れ込んでるほうが多いんだ。部品だって安いニセもんが出回ってる。そんな中で、それでも正規部品を求めてくれるユーザーに確実にものを届けるのが俺らの仕事だ」

「はい」

「おまえはよくやってる。……新人の教育もな。秋葉は、あれは名大出だろう。旧帝大卒はプライドばっか高くて使えない場合も多いが、おまえは上手に秋葉を使ってる」

「いえ、それは秋葉君自身が……」

俊樹が言葉を返そうとしたところで、ようやく岩月はこちらを見た。

「いや。秋葉が入社してからの二ヵ月半でここまでできるようになったのは、おまえの指導がよかったせいだ」

「………」

褒め殺し。そんな言葉が浮かぶ。俊樹を褒めて褒めて、岩月がなにを言おうとしているのか、今はもうはっきりと話の流れが見えてきて、俊樹は俯いた。

「秋葉は……ＴＯＥＩＣ《トーイック》で八百点あるらしい」

「……英検も準一級を持っていたはずです」

俊樹自身はＴＯＥＩＣで六百点、英検は二級だ。英語の読み書きはほぼ問題ないが、秋葉の速度と正確さにはかなわない。会話となるとさらに不安がある。

「北米の売り上げが伸びてな。二課は即戦力になる人間が欲しいそうだ」

深呼吸のあと、岩月は一息でそう言った。

「おまえは三課に必要な人間だ」

やめてくださいと言いたかった。どんなフォローも欲しくない。

どれほど言葉を費やされても、それが俊樹の指導のおかげと言われても、優秀で英語もできる秋葉が二課に引き抜かれ、俊樹が三課に留まる事実は変わらない。

岩月の心づくしの言葉がむなしく流れていく。これ以上聞いていたくなくて、俊樹は思い切って顔を上げた。

「秋葉君はいつから二課に移るんですか」

「あ……ああ、部内異動だからな、引き継ぎに問題がなければ来週の頭からでも……」

「わかりました。今日中に業務を調整します」

岩月に向かってきっちりと一礼し、俊樹は踵を返した。精一杯まっすぐに背中を立てて歩き、ドアのところでも軽く会釈して退室する。

秋葉が二課に異動する。北米担当の花形部署へ。

入社して二ヵ月半の秋葉が。入社以来四年間、アジア担当の俊樹を三課に残して。

最新機能の高級車が次々投入される北米では高額な部品の需要も大きい。市場を支えるために現地にグループ会社が設立されて二十年、営業で欧米担当となり、現地会社に出向し、日本に戻ってくるというのは昇進の定番コースになっている。

フロアに戻って間もなく、二課の新崎課長に呼ばれていた秋葉も戻ってきた。

こんな時にも秋葉の顔には表情がなく、内心を悟らせない。二課への転属話を聞いてきたはずの秋葉が喜んでいるのか、とまどっているのか、心中をうかがうことはできなかった。

「なんだった？　新崎課長の話」

意地が悪いと思いながら、俊樹はそんなふうに話を振った。

「……異動の話でした」

「ぼくも岩月課長に今聞いてきたよ。二課に移るんだってね、おめでとう」

「……あの！」

俯き加減だった秋葉が顔を上げた。いつになく強張《こわば》った口元に、秋葉がこの異動話を喜んでいないことだけは読み取ることができた。

「わたしは、なにか、まずかったんでしょうか？」

「……え？」

問われている意味がわからない。秋葉は食い入るように俊樹を見つめてくる。

「わたしになにかまずいところがあって……だから、小川さんの下から外されるんでしょうか？」

俊樹はふっと肩から力が抜けるのを覚えた。――考えてみれば、入社して二ヵ月半、出世コースだとか花形部署だとか、秋葉にはまだ関係ない世界なのかもしれなかった。

「――そんなこと、あるわけないだろ」

笑いかけてやりたいと思いながら、その笑いが力ないものになるのはどうしようもない。

「君は優秀だよ。覚えも早いし、勘もいい。君はまだ知らないかもしれないけれど、一課二課に配属されて欧米担当になるのは出世コースなんだ。君に見込みがあるから、三課から二課に引き抜かれたんだよ」

秋葉は俯いてしまった。

「……わたしは……小川さんの下でずっと頑張りたいと思っていました」

「光栄だけど……二課の仕事はやりがいがあると思うよ。評価されての異動なんだから、喜びなよ」

今度こそなんとかしっかりと笑顔を作り、ぽんと秋葉の肩を叩いた。

秋葉に悪気がないのが救いでもあり、かえって自分が情けなくもあった。

相手が勝ち誇ってくれれば、嫌な奴と軽蔑して済ますこともできる。出世欲が強く、なにが自分の得になり、どう立ち回れば他人を出し抜いて優位に立てるか、そんなことばかり考えている人種が相手なら、自分はああはなりたくないと思うこともできたろう。

が、秋葉の働きぶりには、そういった利己的な人間が見せる陰日向《かげひなた》がなかった。自分の損得より、仕事をきちんと片づけることに重きを置いている真面目さが秋葉にはあった。偏差値の高い有名校を卒業しているからといって、妙なプライドを持っているわけでもない。

仕事に対して真摯《しんし》で、物覚えも理解も早い、優秀な人間。

後輩の美点がわかるからこそ、最初から負けているのがわかっているからこそ、俊樹は落ち込んだ。

『ぼくなんか』。一日中、その言葉が浮かんでは消えた。

このまま家に帰っても一人で暗くなるだけなのはわかっていた。明日は土曜日だったが、今週に限っていつもの予定は入っていないのだ。

家に帰りたくはない。が、秋葉の顔をこれ以上、見ていたくもなかった。

定時になるのを待って、俊樹は逃げるようにフロアを出た。


呑《の》みたかった。

順番で行けば二課に移るのは自分で、秋葉が三課に残るべきじゃないのかとか、顔もいい、頭もいい、仕事もできる、秋葉はやっぱりすごいよなあ、どうせぼくは……とか、どうしようもない思考を酒で流してしまいたかった。

独りで呑みたくて誰にも声をかけず、会社の近くも避けて栄まで出た。しかし、賑やかな居酒屋のカウンターで独りでいると、今度は別の意味で滅入ってきた。

ジョッキを一杯あけただけで俊樹は一軒目をあとにした。馴染みのバーテンダーのいる気のおけないバーでもあれば愚痴をこぼしながら静かな時間を過ごしたかったが、あいにくの不調法者である俊樹にはそんな行きつけの店もない。

ふと思い出したのは、旺盛《おうせい》なサービス精神を持ったホステスたちが底抜けの明るさで接待してくれた『アナザーヘヴン』の活気だった。ぱーっと騒いで憂さを晴らすのもいいような気がする。

麗美には冷たくされた。だけど、ママはまた来てねと言ってくれた。ほかのホステスたちだって普通に接してくれるだろう——。ジョッキ一杯のビールの軽い酔いにも背中を押されて、俊樹は足を女子大小路へと向けた。

店内直通のエレベーターを降りるまで、俊樹は自分でもただ騒いで憂さ晴らしをしたいだけなのだと思っていた。が、妖しいネオンの照明と「いらっしゃいませー」の声を浴びて反射的に俊樹の口を衝いて出たのは、

「麗美さん、いますか?」

の一言だった。

「ねえ、麗美って今日来てたー?」

出迎えてくれたホステスが後ろを振り返る。さっと奥から着物姿のママが出てきた。

「麗美ですか？　おりますよぉ。さ、こちらへどうぞどうぞ」

招かれて、今日は奥のボックスへと通される。

「お客様、以前も麗美をご指名じゃなかったですか？　運がよろしいわあ。最近ではあのコ、週に三日くればいいほうで」

「そうなんですか？」

とりあえず水割りを頼み、ママとそんな会話を交わしているところへ、

「いらっしゃいませ」

と、ひときわ高い声がした。麗美だった。

今日も柔らかな巻き髪を垂らし、胸元の大きく開いた黒のワンピースに、七色に光る素材のショールを合わせている。襟元に飾られた三連のパールが店内の照明に煌く。幅の広いリボンをあしらったウエストから、ふんだんにタックの入ったスカート部分が優しげなシルエットを作って広がり、二ヵ月半ぶりに会う麗美はやっぱり溜息が出るほど綺麗だった。

「ご指名いただいて、ありが……」

にこやかな笑みで頭を下げかけた麗美の声が不自然に途切れた。その目がまん丸に見開かれる。

「え……ウソ、小川さん!?」

裏声のまま、悲鳴のように叫び、麗美は震える手で口元を押さえた。

「お客様に向かってウソはないでしょ、麗美ちゃん。すいませんねえ」

ママがとりなすように笑う。だが、俊樹にとってはそんなことはどうでもよかった。

「……覚えててくれたんですね、ぼくのこと」

遊びに来たのはこれで三度目で、前回からは二ヵ月半もたっている。麗美の口からすぐに自分の名前が出るとは思っていなかった。

両手で口元を押さえたまま目を丸くしている麗美と、感極まったようにそう言った俊樹を見比べると、ママは麗美に席へつくよう促してテーブルを離れていった。その気遣いがありがたい。

ぎこちない仕草で俊樹の隣に座った麗美に、俊樹はまず頭を下げた。

「ごめん。もう来るなって言われてたのに、来ちゃいました」

麗美はふるふると小さく何度も頭を振った。

「……レミのほうこそ、ごめんなさい。あの時はひどいことを言いました」

肩をすぼめ、拳を口元に当てて俯く麗美の目元にかすかに涙が滲《にじ》んでいる。

「あの日は……もうとにかく、小川さんがこの店に来ないように……あ！　来ないようにっていうのは、小川さんはすごく真面目な方に見えたから……あんまりこんな遊びに深入りしないほうがいいって、そう…そう思ったせいなんですけど！　それで、ついあんな言い方に……。本当にごめんなさい」

その言葉に、俊樹の胸の奥で小さくわだかまっていたものがはらりとほどけた。

「よかった……！　ぼくは麗美さんに嫌われたかなと思ってました」

「嫌ってなんかいません！　ホントにそんな落ち込ませるつもりじゃなくて……え、あ、だから！　小川さん、落ち込んじゃったんじゃないかなって次の日もすごく気になって……」

しどろもどろに言葉を紡ぐ麗美に、俊樹はおかしいほどに胸が弾み出すのを覚えた。なにを焦っているのか、手を振ったり握り締めたり、唇を噛んだり、その瞳が潤んだり……ただ綺麗なだけではない、鮮やかな麗美の表情の変化が俊樹の興を引いてやまない。

「それならもっと遊びに来ればよかった」

心からそう言うと、顔を上げた麗美は困ったように視線を逸《そ》らした。

「……嬉しいです。でも……」

そこへ頼んでおいた水割りが来た。麗美にも同じものが届く。

「まずは乾杯しましょうか。……再会を祝して」

ちょっとカッコつけすぎかなと思いながらグラスを掲げた。麗美が気を取り直したようににっこりと微笑む。

「乾杯」

かちりとグラスを触れ合わせる。それだけでおかしなほど胸が騒いだ。なのに、

「レミね、今日でこの店、最後なんです」

麗美は意を決したように俊樹に瞳を向けてきた。

「え……」

「学費が足りなくて、バイトだったんです。でも、三月に大学は卒業して今はもう就職もしてて……辞めなきゃいけないってわかってたんだけど、ママは優しいしこの仕事は楽しくて、つい……続けてしまっていました」

「わ、わかんないけど……それってこの仕事が向いてるってことじゃないの？　わざわざ辞めなくても……」

「……昼の仕事のほうが忙しくなってきたんです。就職してからは休みが多くて、ママにも迷惑かけちゃったし……」

「……そうか……」

辞めないでほしい。麗美がこの店を辞めてしまったら、もう会うことはできない。が、それが勝手な言い分だということもわかっていた。性転換のためにどこもいじっていないということは最初から麗美はこの世界で生きる気はないということなのだろう。麗美の男性としての人生を考えたら、昼の仕事を選んだほうがいいに決まっている。

それでも胸に湧いてくる寂しいものはどうしようもなくて、俊樹はグラスの中身をぐっと喉《のど》の奥に流し込んだ。あまり薄くはなかったらしい水割りが、喉の奥から胸を焼いて腹の底へと落ちていく。一気に体温が上がったような気がした。

「ごめんなさい。レミの話ばかり。小川さんはお元気でしたか?」

「……ぼくのこと……」

俊樹は呟いた。

「ぼくのこと、本当に覚えててくれたんだ。二ヵ月以上前だから、もう忘れてるかと……」

麗美は目元で微笑む。

「はい。下のお名前も覚えてます。俊英の俊に、樹木の樹」

「すごいな、よく覚えてる。……麗美さんもあれだな、ウチの会社にいたら、アメリカ担当だな」

「………」

麗美がとまどったように小首をかしげる。

「ぼくは営業でアジア担当なんです。いろんなクレームとか割とダイレクトに来るんで……それはそれでやりがいとかあるんだけど……四月に入ってきた後輩が、今度アメリカ担当になるんです。……やっぱ優秀なヤツはいいなあって……」

「……たまたまじゃないんですか?」

小声ながら、きっぱりとした言い方だった。

「その後輩がアメリカ担当になるのは、たまたま人事の都合がそうだっただけじゃないんですか?　その後輩が小川さんより優秀ってわけじゃないと」

麗美の言葉に頬がゆるんだ。

「……ありがとうね。課長もそんなようなこと言ってくれるんだけど……でも、ちがうんだよ。アイツは本当に優秀でさ……」

グラスに残っていたアルコールを空ける。おかわり、とグラスを振れば、大丈夫ですか、と麗美が心配そうにのぞき込んでくる。

「……大丈夫です。麗美さん、お店辞めちゃうし、がっかりだけど、でも、大丈夫です」

「……そんなふうに言われたら、小川さんが残念がってくれてるって思っちゃいますよ」

「思ったら……」

酔いの回った頭はうまく動かない。自分が駆け引きめいた会話をさらに深めようとしていることに気づかぬまま、俊樹は口を開いていた。

「ぼくが残念がってるって思ったら、麗美さんは嬉しい?」

麗美の顔からふっと笑みが消えた。その双眸にちらりと不穏な光が走り、麗美はその瞳を隠すように長い睫毛を伏せた。

「……嬉しいですよ。でも、レミが嬉しがったら、小川さん、困るでしょう?」

呑みながら、一時間に一度行われるショータイムを何度も見た。

ニューハーフバーのショーはひたすらに艶やかでセクシーで、自暴自棄を突き詰めたような明るさがあって、会社の憂さや情けない自分自身のことを忘れるにはちょうどいい非日常の世界だった。俊樹は笑い、拍手し、グラスを空けた。

「大丈夫ですか？ もう呑まないほうが……」

と何度か、心配そうに麗美に顔をのぞき込まれたが、大丈夫大丈夫と受け合ってグラスを重ねた。明日がいつもの予定のない土曜日だということも、俊樹の憂さ晴らしに拍車をかけた。

ついに、日付が変わる頃、

「もうやめなさい」

きつい口調の麗美に、グラスを押さえられた。

「小川さん、そんなお酒の呑み方する人じゃないでしょう。さっき言ってた会社の後輩のせいですか？ そんな人、どうでもいいでしょう。小川さんが気にしてヤケになる必要なんか、全然ないんだから」

「……会ったらわかるよ……」

「え？」

「麗美さんだって、会ったら、わかる。顔がよくて、頭がよくて、性格も……うん、悪いヤツじゃない。優秀だけど…けっこう、頑張り屋？ いい男なんだ、ホントに……ちょっと、いや、かなり変なヤツだけど」

「……変なヤツなんですか？」

心なしか麗美の声が震えて聞こえたが、酔いの深くなった俊樹にはその意味を勘ぐる余裕はなかった。

「じぃっと見てくるんだ。ものも言わずに。手を握ってきたこともあるし、人の休日の予定をしつこく聞いてきたりもするし！」

「……その人、もしかしたら小川さんのことが好きなのかも……」

「えー！　やめてよ！　気持ち悪い！」

「気持ち悪いってなんですか！」

じわっと麗美の瞳に涙が滲んだ。

「小川さん、そういうこと言う人なんですね！　人の好意を気持ち悪いって……」

「ちがう！」

麗美の涙ながらの非難に、俊樹は首を必死に振った。余計に酔いが回る。

「だって、そいつ……全然表情がなくて、なに考えてるかわかんなくて……そんな無表情でじーっと見つめられたら、えーってなるじゃん」

「……無表情？」

「うん。そう。麗美さんと全然ちがう。なに考えてるか全然わかんなくて……あーもう、アイツのことはいいや。呑みましょう！　麗美さん、呑もう！」

「ダメ」

高くグラスを掲げた俊樹は麗美に睨《にら》まれた。美しい顔が険をはらむ。

「小川さん、今日はもう飲みすぎ!」

「——怒っても綺麗って、ホントなんだ……」

思わず俊樹は呟いていた。

「きれい。きれい。麗美さん、きれい」

「もう……」

怒ったような困ったような麗美を、もっと近くで見ていたかった。

「今夜はずっと一緒にいてください」

自分がなにを言っているのか、わからないままに俊樹は単純な願いを口にしていた。——ずっとこの美しい人といたい。ただそれだけの、シンプルな願い。

常日頃、俊樹が自身にかけているブレーキも、今夜だけは忘れてもいいような気がした。ただ綺麗なこの人と、今夜だけは一緒にいたい。

「なにをバカなことを……」

俯く麗美の手を俊樹は酔いにまかせて握り締めた。——これでこの人はもう逃げられない。そんなことを思ったような気もする。

あたたかで、少しだけ弾力のある……麗美の肩にもたれかかって、俊樹はいつしか夢うつつの世界に漂っていた。

何度か声をかけられて、支えられながら、立ったり歩いたりしたような気がする。

俊樹がはっきりと覚醒《かくせい》したのは、口元に冷たいコップを押しつけられた時だった。

「お水です。飲んでください」

声をかけられて、素直にコップを傾けた。

冷たい水が喉を過ぎる。ようやく目がしっかりと開いた。俊樹は脚を投げ出し、壁にもたれさせられて座っていた。コップを持った麗美が心配そうにこちらを見ている。

「ここは……」

「レミの家。…狭いアパートですけど、小川さんの家の正確な場所がわからなかったから」

俊樹は周りを見回した。

確かにあまり広くない部屋だった。独り住まい用だろう、玄関の脇のキッチンも小さい。が、部屋はどこも整然と片づき、ファブリックと家具類はベージュとブラウンに統一されていて心地いい印象があった。

視線をゆっくりと自分の傍らに膝をついている麗美に戻す。店にいた時の衣装とメイクのままの麗美は、日常生活の場にあってもやはり艶やかに美しかった。

「……麗美さんだ……」

目の前に麗美がいてくれることが、ただ嬉しかった。顔がほころぶ。

「麗美さんだ」

麗美が眉をひそめて怒ったような顔をつくる。

「小川さん、最後まで手を放してくれないから。閉店になっても起きてくれないし、ママにもうあんたが面倒見なさいって押しつけられたんですよ」

「ごめんなさい。迷惑かけて……。でも麗美さんといられて嬉しいな」

「もう……そんなことばっかり……」

瞬きを繰り返して、麗美は俯いてしまう。

「顔を上げて。顔が見たい」

「……小川さん、まだ酔ってるでしょう」

「酔ってるけど……麗美さんといられて嬉しい」

俊樹は本心からそう言った。

男だとか女だとか、そんなことはどうでもよかった。嫌われたと思っていたのに、今夜の麗美は優しかった。それが嬉しかった。麗美が微笑みかけてくれるのが嬉しかった。

麗美の顔が上がる。

その瞳がなんの惑いにか、想《おも》いにか、揺れていた。

「……本当に……綺麗だ……」

「……嬉しい」

囁《ささや》きは甲高い裏声ではなかった。喉の奥で絡んだような、少しかすれた囁き声は俊樹の耳に官能的に響いた。

「小川さんに褒められるのは、嬉しい……」

麗美の手がそっと俊樹の手を取った。その手がかすかに震えている。

「好き……」

俊樹の手の甲にそっと唇を押しつけて麗美が囁く。

「小川さん、好きです」

「ぼくも」

決して嘘ではなかった。

「一目惚れ……だったんだと思う」

もう何年も、こんなふうに心を揺すられる相手はいなかった。俊樹は自分の気持ちを正直に告げていた。

「だめ……」

俊樹が手を引いているのか、麗美が自分から近づいているのか。制止の言葉を口にしながら近づいてくる麗美の顔を、俊樹はうっとりと見つめていた。

「そんなこと聞いたら……止まらなくなる……」

囁きの最後は触れ合う唇の上でこぼされた。

紅く、濡《ぬ》れたように光る麗美の唇はあたたかく柔らかだった。その唇がそっと自分の唇を吸い上げるのを俊樹は陶然と受け止めた。

唇が離れる。

少しだけ紅の落ちた唇を麗美はぎゅっと噛み締める。眉間を痛みをこらえる人のように寄せながら。そんな表情さえ、俊樹には悩ましげに見えるばかりで……。

「だめ……本当にもう……」

「ダメじゃない」

麗美が苦しんでいるなら楽にしてやりたかった。俊樹は早口で囁き返した。

「ダメじゃない。大丈夫」

目の端に、麗美が握り締めている拳が見えた。関節が白く浮き出すほどに強く握り締められている手が哀れに見えた。

「大丈夫だよ」

震える拳に手を重ねて、俊樹はもう一度囁いた。――とにかく麗美に伝えたかった。ぼくも君が好きだよ、と。

「……ああ、もう！」

低い声で麗美が呻《うめ》く。奥歯を強く噛み締めたのか、ギリッという音が俊樹にも聞こえた。

「あなたはわかってない。全然……全然、大丈夫なんかじゃない！　わたしは……卑怯《ひきょう》なんです。あなたはなにも知らない……！」

苦しい葛藤《かっとう》をこらえるかのように、麗美の顔が歪む。きつく寄せられた眉、伏せられた震える睫毛、白い歯に思い切り嚙み締められた唇。

——そんなに苦しまなくていい。ぼくなら大丈夫なんだから。

その自分の想いを証《あか》し立てたくて、俊樹は自分から麗美の唇に唇を寄せた。

そっと赤い唇を吸う。

「……君が好きだよ。なにも知らなくても……それだけはわかってる」

「小川さん……！」

次の瞬間、俊樹は麗美の両腕に強く抱き締められていた。

「あなたはバカだ……バカだ！」

狂ったように俊樹に口づけを浴びせながら、麗美が荒々しく囁く。

「止まらなくなるじゃないですか……！」

だから止まらなくていいんだって。

言葉の代わりに、俊樹は麗美の背中に腕を回すとその軀を抱き締め返した。

口づけが深いものになった。

熱い舌の訪《おとな》いに、喜んで唇と歯を開く。

君が好きだよ……ぼくは大丈夫——。

貪欲《どんよく》な舌は俊樹の口中を縦横無尽に踊り回った。俊樹の舌に絡み、頬を内側からくすぐり、歯列をなぞる。

与えられる濃厚なキスは、そういった刺激から遠く離れて久しい俊樹の軀を震わせるのに充分だった。

「……ふ……」

鼻から甘い吐息が抜ける。

まるでそれが合図だったように麗美にぐっと体重をかけられた。毛脚の長いラグの上で麗美に組み敷かれる。

真上から見つめてくる美しい人。

俊樹の頬をくすぐる長い髪。

それは俊樹の遠い昔の快楽の記憶と奇妙に一致した符号だった。その上に、酔いが錯覚をもたらす。

「好きです、好きです、小川さん」

「ぼくも……」

上から覆いかぶさられてのキスを、俊樹は相手の背を抱き締めながら受け止めた。

『いいの……君はじっとしてて』

『怖い？　平気よ、すぐに気持ちよくしてあげる……』

俊樹は緊張して仰向《あおむ》けになっていただけだった。憧《あこが》れだった美しい人が時折優しく微笑みかけてくれて、俊樹はただ、細く長い指が自分の軀を滑るのを感じていた。

初めての快楽は、包み込まれるような気持ちよさが深く印象に残っている——。

あの時と今と、変わっているものはなにもないように思えた。

のぞき込んでくる優しく美しい顔。

俊樹の服を開き肌をまさぐる、器用な長い指。

ねっぷりとソコを口中で愛撫《あいぶ》される流れさえ同じだった。

「あ……」

顔を上げれば、麗美の栗《くり》色の頭が自分の股間で上下している。

紅い唇からのぞく濃いピンク色の舌が丹念に何度も俊樹の男を舐《な》め上げる。

「ふ、あ、あ……」

ためらいなど微塵《みじん》もない唇と舌は、熱心に俊樹自身にまつわりつく。

麗美の白いうなじが見えた。黒いシルクタッチのワンピースと金糸で織られたショールは店の幾色にも彩られた照明の中よりも、素朴な電灯の光の中で麗美の白い肌を引き立てている。連なった三連のパールが俊樹をしゃぶる麗美の動きに合わせて揺れた。

あたたかな口腔《こうこう》にすっぽりと咥《くわ》え込まれる。喉奥まで開いてくれているのだろう、先端の敏感な部分までビロードのような柔らかさの濡れた粘膜にしっとりと押し包まれた。

俊樹はきつく目を閉じた。──たまらない……。

唇が根元の部分を強弱つけて締めつけ、舌が裏の筋をなぞって蠢《うごめ》く。

「ああ……」

腰が細かく震え出すほど、それは気持ちのいい口淫《こういん》だった。

「れ、麗美さん……も、ダメです……ダメ……」

訴えると、俊樹を口にしたままの麗美は言葉の代わりに、『いいんですよ』とでも言うように指で俊樹の下生えをくすぐった。

根元からくびれの部分まで、音を立てて吸い上げられる。

「ひ、アッ──」

四肢が強張る。頭をのけぞらせ、背を反らせ、俊樹は麗美の口の中に射精していた。

「あぁ……」

乱れた息の合間、口から漏れた吐息交じりの声は俊樹自身の耳にさえ満足げに聞こえる。

「……ごめん……」

力の入らない首をそれでも起こせば、股間にうずくまる麗美が見えた。その顔がつっと上を向く。小さく喉仏が上下して、麗美は口中のものを飲み下した。

達したばかりだというのに、その扇情的な光景に俊樹の身内にはまた甘いざわめきが走る。

「いいんですよ。おいしかった……」

麗美は囁き、まだ硬度を保ったままの俊樹のペニスに愛《いとお》しげに手を添えた。尖《とが》らせた舌先で先端に溜まった雫《しずく》まで掬《すく》っていく。

蕩《とろ》けそうだ……。

俊樹は固く目を閉じるとラグの上に頭を戻した。

もうなんでもよかった。

麗美が脚からスラックスを抜き取り、下着まで取り去る間、俊樹は目を閉じ、されるがままになっていた。優しい手の中に再び力を取り戻しつつあるモノを包まれ、胸の尖りをそっと吸われた時も気持ちがいいばかりで抗《あらが》うことなど考えもしなかった。

「……ここ、可愛い」

呟きが落ち、乳首を軽く歯で挟まれて、俊樹は声をあげた。甘い喘《あえ》ぎになった。

応じるように一段と熱と硬さを増した股間のモノを麗美もまた力を込めて握り返してくる。

「うん、んー……っ、は、あッ……！」

甘噛みする歯の間で乳首が硬くしこる。しごき続ける手の中でペニスが熱く漲《みなぎ》る。

「小川さん……俊樹……可愛い」

ねっとりした口づけを俊樹は喘ぎながら受け入れた。引き出した舌を軽く噛まれ、びくりと背中が反る。

その口づけのさなかだった。

剝《む》き出しになった脚が片方、膝裏で持ち上げられ大きく広げられた。もう片方の脚の下にも麗美の膝が差し入れられ、俊樹の腰は浮いた状態になる。

それでも抵抗とか拒否という考えが浮かばなかったのは、これからされることが想像の範疇《はんちゆう》を超えていたせいもあれば、麗美が与えてくれる快感が鮮烈すぎたせいもあるだろう。

やはりされるがままだった過去の経験も大きかった。

「いい……？」

かつて、俊樹に初めて人肌のあたたかさを教えてくれた彼女も、最後の行為に入る前にそう尋ねてきた。そしてうなずいた俊樹に与えられたのは、男性自身を他人の肉で包まれる無上の快感だった——。

だから俊樹はうなずいた。うん、と。

しかし……。

「イッ!!」

麗美にされるがまま、両膝を割られ、腰を浮かした俊樹を襲ったのは鋭い痛みだった。排《はい》泄《せつ》の時にしか使ったことのない器官が外敵に押し入られて悲鳴をあげる。

「いーッ！　いたっ！　痛いっ！」

ありえない場所へのありえない侵入。俊樹は慌ててソレから逃げようとした。手を使って必死で軀をずり上げようともがく。が、大きく開かされた両脚をしっかりと太股の部分でホールドされ、下半身を動かすことはできなかった。

「む、無理っ！　やめろっ！　やめてっ！」

焼かれるような痛みが腰から全身へ走った。なにか太くて硬いものが尻《しり》の狭間《はざま》に食い込んでいる。軀を貫かれる痛みと恐怖に、俊樹は必死に叫び暴れた。——その時。

「頼む！　頼むから！」

上から懸命に訴えられた。

麗美だった。

泣きそうな顔になっている麗美だった。

「あなたが欲しい。あなたが好きなんだ」

それは男の声だった。俊樹を征服しようとしている男の、欲望を訴える声。だが、同時にそれは俊樹への祈りでもあった。

「好きです、好きなんです、小川さん！　わたしを受け入れてください…！」

知っている……、頭の隅で俊樹は思った。自分はこの声を知っている——。警鐘はしかし、涙の浮いた麗美の瞳にあっさりと無視された。ラメの煌く長い睫毛に縁取られた黒い双眸が濡れている。

「もう…止まりたくない。止まれない。お願いです！」

かき口説《くど》かれる。

言葉よりも雄弁に、俊樹の臀部《でんぶ》に押しつけられたモノの硬さと熱さが抜き差しならない状態になった男の欲望を訴えかけてくる。

女より綺麗な女の顔で。泣いて訴えるその内容は、男の欲望を俊樹に受け入れてほしいということなのだ。

——なんの詐欺だ。

これほどの美女に泣いてすがられて、拒める男がいるだろうか。それが、自分が『女』にされることであっても。

麗美に泣かないでほしかった。

震える唇で自分の名を呼ぶのではなく、微笑んでいてほしかった。

そのためなら……。

ふーっと大きく息をつき、俊樹は軀の力を抜こうと試みた。

「小川さん……？」

両脚を自分から広げ、腰をかすかに持ち上げる。そのほうが少しでも楽に受け入れられそうな気がした。

「泣かなくていいから……」

こっちのほうが泣きたいような痛みをこらえて、俊樹は麗美に笑いかけた。大きく息を吐くと、ほんの少しだけ、身を割られる痛みが軽くなった。

「……ゆっくりなら……大丈夫かもしれない。だから……ゆっくりね、ゆっくり」

「はい……！　ゆっくりします！」

スカートがふわりと大きく花のように開いた、その下で。俊樹はじりじりと男に貫かれていた。


一晩中、愛しているとごめんなさいを交互に囁かれていた気がする。

そのたび、『いいよ』『ぼくも』と返していたように思うのだが……記憶は途中で切れている。

麗美に抱かれて眠っていたはずだが、目覚めた時に傍らにあたたかな体温はなかった。

うっとりした眠りの余韻の中で、俊樹は麗美の肌を求めて手をさまよわせた。

指先に絡むものがあった。

この手触りは……麗美の髪だ。

ぬくもりを手繰り寄せたくてそっと絡む髪を引き、俊樹はぎょっとして目を見開いた。

髪が俊樹の指が引くままに、どこまでもずるずると引き寄せられてきたからだ。

カーテン越しの朝の光の中、頭部のかすかな丸みを残したまま、だらりと広がるゆるい巻き毛があった。

「うわあっ……！」

それがウイッグだと理性が判断する前に、俊樹は驚きのまま飛び起きていた。放り出した髪の束が裏返り、ようやくそれがカツラだと理解する。

「……びっくりした」

ほうっと息をつき、改めて周囲と自分を見回した。

——夢ではなかった。

そこは昨夜見たままの麗美の部屋だった。ラグの上でそのまま眠ってしまったらしく、上半身にボタン全開のシャツを着ただけ、下はすっぽんぽんのままだ。毛布がかけられているのがありがたい。

探るまでもなく臀部に痛みがあり、体内にもしつこい異物感があった。

俊樹は深く溜息をついた。

酔いの勢いもあったとはいえ、なんてことをしてしまったんだと、まず思った。だがすぐに、麗美の望みをかなえてあげられたんだからいいじゃないかと、自分の中から反論の声があがる。

シャワーの音が聞こえる。

麗美はシャワーを浴びているのか……自分の下着は……。ラグの隅に丸まったズボンを発腰にバスタオルを巻いただけの男が、頭を拭《ふ》きながら出てくる。

見して手を伸ばそうとしたところで、かちゃりと洗面所のドアが開いた。


「………………」


目と口を開いて、俊樹はタオルの下の男の顔を見つめた。

驚きのあまり、口を閉じ忘れたことも、今までにあまりない。

我が目を疑うとはこのことだろう。

秋葉だった。

会社の新人であり、俊樹の後輩の、秋葉だった。

秋葉もこちらを見た。

「起きたんですか」

秋葉は慌てない。驚かない。ばかりか、その表情にはどこかはにかんだような色さえある。

「あなたもシャワーを浴びますか？」

「……あー……？」

口を開いたままで出せる音は限られている。俊樹はいったん口を閉じた。

「秋葉？」

「はい」

「……えーっと」

必死で頭を働かせる。この事態にはなにか納得できる理由が必要だった。

「そうか！　ごめん！　おまえ、麗美さんとつきあってたのか！　ぼくはただ客で……」

「……わたしは今、誰ともおつきあいしてません」

俊樹はぽんと手を打った。今度こそちゃんとした理由を見つけた！

「……あ、あー！」

「麗美さんと兄弟か！」

「……一人っ子です」

退路を断たれる。

強張った俊樹の前に、秋葉はそっと膝をついた。

「黙っていてすみませんでした。わたしが麗美なんです」

湯上がりの秋葉の顔を俊樹はまじまじと見つめた。こんな時にも秀麗な面差しを。

「……ちょっと待て」

俊樹は指を噛んだ。頭が混乱する。事実を認めたくなくて、逃げ場を探して。

「ぼくはゆうべ……麗美さんとセックスした」

「はい」

「麗美さんがおまえってことは、つまり……？」

「小川さんがセックスしたのは、わたしです」

沈黙が落ちた。

俊樹は秋葉を見つめ、秋葉も俊樹を見つめていた。

ありえない、そんな言葉が浮かぶ。

「……すみませんでした」

沈黙を破ったのは秋葉の謝罪だった。

「黙っていてごめんなさい。でも、わたしは本気です。本気で小川さんのことが好きです」

秋葉がじりっと膝を進めてくる。

裸の上半身が迫ってくるような感覚に、俊樹はうろたえた。

「ふ、服を着ろ！　話はそれから……！」

「……はい」

秋葉は素直に立ち上がった。そうして秋葉がTシャツにジーンズという普段着を着込む間に、俊樹も脱ぎ捨ててあった下着とズボンを急いではき、シャツのボタンをかけた。身動きするたびに腰に鋭い痛みが走ったが、秋葉に昨夜の行為を思い出させたくなくて、無理に平静な顔を装った。

衣服を整え、秋葉とミニテーブルを挟んで向かい合う。

「気がつかなかったぼくがバカだった」

俊樹はそう口火を切った。

「いくらメイクしてドレスを着てても……ずっと一緒に仕事してて気がつかないなんて、ぼくがバカだった」

「……いえ」

「だけど、おまえのほうは最初からわかってたんだよな。なんで黙ってた！」

会社ではずっと『君』と呼んでいたのが『おまえ』に変わっているのに俊樹自身気づいたが、戻そうとは思えなかった。

「……バレないなら、バレないままで終わりたかったんです。あんなバイトをしていたことが会社の人に知られたらマズイと思って……」

「だからか。ぼくが二度目に店に行った時、もう来るななんて言ったのは」

「もう二度と来る気が起きないように、しなきゃいけないと思いました……」

「…………」

「でも、つらかったんです！　最初に店に来てくれた時から小川さんのことは気になってて、だから、あんなひどいことを本当は言いたくなかったんです！　次の日、小川さんが溜息ばっかりついてるのを見て、どうしようと思いました」

入社二日目、秋葉が『水商売で働いてる人間の気持ちなんか……』と発言していたのを思い出す。あれが秋葉なりのフォローだったとしても、今の俊樹には笑うことはできなかった。

「……よく平気な顔でいられたよな。入社初日で客が職場の先輩だってわかったのに、よくあんな涼しい顔で……」

「あの日は……とてもショックでした」

いつもはぴしりと分けられている黒髪が濡れたまま乱れている。垂れた前髪の間から、眉を寄せた秋葉の顔が見えた。

「まさか直接に仕事を教えてもらう相手が、好意を持ったお客さんだなんて……」

「その割には平気そうな顔をしてたじゃないか」

入社初日の自己紹介の時、秋葉はじっと俊樹を見ていた。ただ見つめていただけで、感情のない白い顔からは驚きも焦りも見て取ることはできなかった。

秋葉が顔を上げた。

「平気なんかじゃありませんでした。女装している時だったら、きゃああって叫びながらフロアを三周ぐらい走り回っていたと思います。それぐらい驚いてました」

スーツ姿で叫びながら駆け回る秋葉が思い浮かぶ。――それは確かに、静かに驚きを噛み締めてもらっていたほうがよかったけれど……。

それにしても、と思う。オカマまで掘らせた相手が正体を隠していた職場の後輩だったとあっては、ああそうですかと簡単に受け入れてやるわけにはいかなかった。

「だいたい、なんであんなバイトを……」

「お金が欲しかったんです」

「ほかにもあるだろ、ホストとか」

「……ホストもしました。でも……女の人に綺麗だって言うより、自分が男の人に綺麗だって言われるほうが嬉しいのに気がついて……」

無意識に俊樹は眉間を押さえていた。『綺麗だ』と褒められるといつも嬉しそうだった麗美の顔が脳裏に浮かぶ。

「……学費が足りなかったって言ってたよな。けど、ちゃんと就職したなら、さっさと辞めればよかったじゃないか」

「奨学金をもらっていたんです、返済の義務のある。利子はつきませんが、二百万の借金があるのと変わりません」

初耳だった。秋葉のプライベートに俊樹はなんの興味もなかったからだ。

「それに……店でも話しましたが、あの仕事が……好き、でした」

俊樹はぎゅーっと目を閉じた。秋葉が就職しながらも『アナザーヘヴン』を続けていたのは仕方ない。問題は——。

「……なんで……ぼくをここに連れてきた……」

はっと秋葉の顔が上がる。

「酔い潰れたのはぼくが悪かった！　でもだったら、そのへんに放っておけばいいだろう！」

「会社の先輩を夜中の繁華街に転がしていけますか！」

「だったら会社の先輩にあんなことするのはいいのか！」

「だからそれは！」

激したものをこらえるように秋葉は再び俯いた。

「……あなたが好きなんです。わかっています！　秋葉であるわたしを、あなたが受け入れてくれるとは思ってませんでした。気持ち悪いとまで言われたし……望みはないんだと思った。だけどあなたは麗美であるわたしには好きだと言ってくれて……。わたしは卑怯でした。麗美の姿なら想いを遂げることができるかもしれないと思ったら……もう我慢できなかった」

俊樹もまた俯いた。酔いと快楽の記憶の中に、必死に込み上げるなにかと闘っているようだった麗美の顔がある。『だめ』と呟く麗美に、『大丈夫』と繰り返したのは自分だ。

昨夜の自分の襟首を引っ摑んで殴りつけてやりたくなる。

「……わたしでは、だめですか？」

声が思わぬ距離と方向から聞こえてきた。顔を上げれば、テーブルを回り込んで秋葉がにじり寄ってきていた。

「い、いいわけないだろう！」

反射的に逃げながら、俊樹は口走っていた。

「お、おまえだって知ってたら、好きだなんて言わなかった！」

秋葉の顔に傷ついた色が浮かぶ。

「酔ってたんだ！　でなきゃ男とセックスなんて、するわけないじゃないか！」

「……キツイですね」

苦しげな低い囁きは、昨夜何度も聞いた麗美の声と同じものだった。

だからこそ、たまらなかった。

傷ついたようにうなだれた男を残して、俊樹は隅に置いてあった鞄を摑み、逃げるように部屋を後にしたのだった。

3

月曜の朝、気が重いのはいつものことだが、今日ほど切実に会社に行きたくないと思ったのは初めてだった。

会社に行けば秋葉がいる。

間違ってセックスしてしまった相手。

――俊樹にとっては間違いでしかなかった。

麗美の美しさに、性別はわきまえていたはずなのに間違え、過去にだぶるシチュエーションに間違え、お願いとすがられて許してはいけないラインを間違えた。

顔を合わせたくないというより、顔を見たくなかった。

一言、名乗ってくれればよかったじゃないかという気持ちは恨みに近い。

「ごめんなさい、秋葉です」

と言ってくれていれば、どの時点でも自分は引き返せた。冷水を浴びせられたように、快感の波からも酔いの波からも醒《さ》めることができたろう。

名乗らぬまま、『麗美』のまま、自分を抱いた男が許せない。

よほど今日は会社を休もうかと思ったが、秋葉が二課に異動すると聞かされた次の週の頭に休んでは周囲の目にどう映るか…それを考えると行かないわけにはいかなかった。

重い足で出勤する。

「おはようございます」

まだ隣に机のある秋葉が声をかけてきたが、挨拶は無視した。まっすぐに二課の新崎課長の下へ行く。

「すみません、三課の秋葉の席のことですが……」

朝一から机を移動する了解をもらって、俊樹は席へと戻った。

「小川さん……」

話しかけてくる秋葉の顔を見ないまま、

「君の机を今から二課の斉藤《さいとう》さんの隣に移すから」

一方的に通告する。

「ま、待ってください！　まだ……」

「そっち持って」

取りつく島を与えず、机の端を持って顎をしゃくった。秋葉が諦《あきら》めたように吐息をつく。

フロアは同じだし、二課と三課はキャビネットを挟んで隣同士にある。それでも四六時中顔を合わせていなければならない今までの位置とはずいぶんちがう。二課での新しい秋葉の席が俊樹の席と同じ方向を向いているために、俊樹からは秋葉の背中しか見えないのもありがたかった。

秋葉を二課の島に追いやって、ようやく俊樹は落ち着いて自席についた。

新崎課長が秋葉のところにやってきて、なにごとか話しかけている。秋葉が立ち上がる。新崎が課員に秋葉を紹介し、秋葉が丁寧に頭を下げる。――立派な新人ぶりだった。

夜な夜な女装してニューハーフバーでバイトをし、酔った客を自宅に連れ帰ったりするような男には見えない。スカートを揺らし、涙を浮かべて『あなたが欲しい』と懇願するような男には見えない。

騙されたような気持ちが拭《ぬぐ》えない。秋葉にも、麗美にも。……いや。麗美の笑顔に心躍らせていた自分が馬鹿だったのだ。秋葉だけではない、自分にも腹が立った。馬鹿さ加減にもほどがある。なにが『大丈夫』だ、『綺麗だ』だ。真実を告げぬまま深い行為に及んだ秋葉もひどいが、秋葉にそこまでの行為に踏み切らせたのは自分の愚かな発言の数々だ。

　俊樹は土曜の朝以来、何度目かの深い溜息をついた。


「つまんないなあ」

　ＰＣから顔を上げると、受注オペレーターの金子ひろみが立っていた。

「はい。倉庫止め部品の受注表です」

　差し出されたプリントアウトをありがとうと受け取る。金子はつまらなそうに唇を尖らせていた。

「秋葉さん、本当に二課に移っちゃったんですね」

　視線を追うと、北米の手配担当者たちに秋葉が話しかけているのが見えた。

「あれ？　でも金子さんは彼氏、いるんだよね？」

「彼氏はいてもぉ、目の保養っていうか、日々の潤いっていうか、そういうのは欲しいじゃないですかあ」

　確かに、化粧をすれば絶世の美女として通じる秋葉の容貌は、素のまま男の姿であっても水際立っている。

通りかかったヨーロッパの手配担当者も話に加わり、秋葉を中心にしてぱっと華やかな輪ができた。

「秋葉さん、最初はとっつきにくそうに見えるんだけど、話してみると意外と気さくなんですよね」

「……そうだね」

ここ数日はあえて秋葉の姿を視界に入れないようにしていた。秋葉から挨拶されても目線を合わせずに返し、まだ不慣れな秋葉が質問に来ても、「そういうことは二課の斉藤さんに聞いてください」とすげなく返した。

拒否オーラで全身を覆った俊樹に、秋葉もどう話しかければよいのかきっかけがつかめずにいるのがわかっても、自分から話しかけてやる気にはなれなかった。

数日ぶりに、俊樹は秋葉に視線を向けた。こうして改めて見る横顔はやはり整っている。女性に囲まれているというのに、秋葉の顔はいつもと変わらず無表情だ。だが話しかける相手に視線を合わせ丁寧に受け答えしているせいか、周りの女性たちは嬉しそうだった。

——いい気なもんだよな……。

「おもしろくないなあ」

俊樹の心中を言い当てたような言葉にドキリとした。

金子が腕組みをして、自分の同僚たちに鋭い一瞥《いちべつ》をくれていた。

「彼女ら、秋葉さんが三課だった時には知らんぷりだったんですよ。二課に移ったとたん、将来はアメリカ出向かもしれないなんて噂《うわさ》して」

「……そうなんだ」

二課に移籍した秋葉は、やはりＯＬたちの目にも将来有望に見えるのだと思うと、ツキンと胸が痛む。いまさらもてたいわけではなかったが、男としての優劣をつけられているようでつらかった。後輩に抜かれてしまったという思いが再び胸を締めつける。

「でもわたしはつきあうのも結婚するのも小川さんのほうがいいと思う」

突然の言葉に俊樹は慌てて金子の顔を見上げた。

金子は口元を引き結び、怒ったような、心配しているような、複雑な顔で俊樹を見ていた。言葉ほどの甘やかさはその表情にはない。アジアの手配担当者として、欧米担当者たちがしなくていい苦労をしてきた金子には、俊樹の思いの一端が理解できるのかもしれなかった。

「ありがとう」

慰めに笑顔で礼を言う。

「金子さんの彼氏さんも幸せだと思うよ」

金子もにこりと笑みを返してくれた。

「わたしは三課の手配担当でよかったと思ってます。やりがいがあるもの」

「……そうだな。確かにやりがいはあるよな……」

客との距離感がほとんどなく、トラブルが多い三課の仕事は確かに泥臭い。だがその分、反応がダイレクトに返ってくるおもしろさもある。

泰然としていたいと俊樹は思った。三課には三課の仕事がある。投げやりになったり、くさったりせずに、堂々と自分の仕事に取り組みたい。

秋葉を取り巻いた女子社員たちの輪はなかなか崩れていかない。なにを話しているのか。でももう、気にするのは嫌だった。

もうあの男は関係ない。

俊樹はそう片づけることに決めた。

倒錯的なあの一夜のことも。会社人としての優劣も。

思い出すから腹が立つ。気にするから落ち込む。なら、思い出さない、気にしない、そう決めた。

自分を騙していた男。

自分を抜いていった男。

視界からも心の中からも、俊樹は秋葉を締め出すことにした。

しかし、俊樹がそう決心したばかりのその日。

残業を終え、エントランスロビーに降りた俊樹は、太い柱の陰からぬっと現れた人影にあやうく声をあげそうになった。

もうロビーの明かりは常夜灯の小さなライトを数個残すのみで落とされている。そんな薄暗がりの中、突然自分に向かって出てきた黒い影があったのだ。

「小川さん」

「な……」

秋葉だった。

「すみません、どうしてもうかがいたいことがあるんですが……」

「待ち伏せてたのか」

待ち伏せというきつい言葉を選んだ俊樹に秋葉がつらそうに目を伏せる。

「……お仕事が終わられるまで、待っていただけです」

「そういうのを待ち伏せって言うんだろう」

言い捨てて脇をすり抜けていこうとすると、待ってくださいと腕を摑まれた。

「は、放せよ……!」

「先週——」

秋葉の手を振り切った俊樹に、秋葉が思い詰めた声を出した。

「先週の日曜日、あなたはどうやって過ごされましたか」

「……え」

「とても……とても綺麗な女の人と栄を歩いていらっしゃったそうですね」

はっとした。見られていたのか。

「……どういう……ことですか。つきあってる人はいないんじゃなかったんですか」

ぼんやりした明かりの中でも、俊樹を食い入るように見つめてくる秋葉の瞳の真剣さは見て取れる。

俊樹は黙り込んだ。つきあっている相手はいない。それは本当だ。だが、それを改めて秋葉に告げてどうなるというのか。

「……本当は、好きな女性がちゃんといらっしゃったんですか？」

顔を上げると、悲痛なほど真剣な黒い瞳があった。しかし、その双眸をのぞけば、やはり憎らしいほど整っている白皙《はくせき》の美貌は涼しげにさえ見え、こんな時にも乱れぬ髪と服装でまっすぐに立つ秋葉の姿には、それほどの同情を引くものはなかった。

ゆっくりとひとつ、深呼吸する。

——いないよ。ここ最近で好きだと思ったのは『麗美』だけだよ……。

本当のことを答えてやればこの男は安心するのかもしれないと思ったが、憎らしい相手を喜ばせてやるのは嫌だった。

「君に関係ないだろ」

思い切り冷たい声で俊樹は言い放った。

「栄を歩いてたのは本当だよ。真由美《まゆみ》っていうんだ。美人だよ」

真実の半分だけを告げる。女性と二人連れだったのではなく、小さな男の子もいたのだとは告げるつもりはなかった。

すーっと秋葉の眉尻が上がる。唇が小さく震える。

泣き出しそうなその表情は、だが、一瞬で消えた。

あとには、いつもの無表情をまとった秋葉という男が立つだけ。

「……そうですか。……お引き止めして、すみませんでした」

礼儀正しく腰を折る男の前から、俊樹は足音高く歩み去った。


それからも、俊樹はずっと秋葉を無視し続けた。さすがに仕事に関係する部分ではきちんと会話も交わすようにしたが、余計な愛想は一切、見せなかった。

麗美も秋葉も自分から切り離して、俊樹は仕事に打ち込んだ。

岩月課長にぽんと肩を叩かれたのはそんな頃だ。

「あんじょうやっとりゃーすか」

「あ、はい」

「最近、頑張っとるがや。ん？」

「……ぼくも入社四年目ですから」

うんうんと岩月は満足そうにうなずき俊樹の肩に手を置くと、内緒話をするようにかがみ込んだ。

「おみゃーはええが。秋葉がいかんが」

「……え？」

生まれながらの名古屋人である俊樹には岩月の名古屋弁を理解するのはなんの苦もない。聞き返したのは内容がわからなかったからではなく、意外だったからだ。

『おまえはいい。秋葉がだめだ』……どういう意味だ？

「二課で、うまくいってないんですか？」

俊樹も声をひそめた。

「どーも覇気がにゃーんだわ」

覇気がない、やる気が見えないということか。

「ま、ちょっと気にかけてやったりゃーせ」

もう一度、ぽんと俊樹の肩を叩いて岩月は自席に戻っていく。

気にかけてやれと言われても……まさか、実は地味に無視していますとは言えない。

俊樹はそっと目を上げて、キャビネットの向こうにある秋葉の背中をうかがった。すっきりと背筋を伸ばしたいつもの姿勢からは、岩月が言っていたようにやる気がないのかどうか判断することはできない。

だが、そう言われて見てみれば、確かに肩のあたりに力がないように見える。

――ぼくのせいだろうか？

ふと兆した疑念を、俊樹はすぐに打ち消した。いつも淡々とした表情で仕事をこなしていた秋葉が色恋絡みで仕事に支障を来すとは思えない。

――麗美なら？

次に湧いてきた疑問に、俊樹はうろたえた。

麗美でも同じことが言えるだろうか？

秋葉のことは見ないように、考えないようにしていた。麗美のことも思い出さないようにしていた。『あんなヤツ、関係ない』、それですべてを片づけていた。

封印していた麗美の表情が脳裏に次々と浮かぶ。堅いスーツ姿の秋葉とちがい、華やかな衣装をまといメイクアップした麗美は、その彩りの鮮やかさにふさわしく、表情も生き生きとしていた。嬉しそうな笑顔、優しそうな笑顔、心配そうな顔、怒った顔、切なげな今にも泣きそうな顔……麗美なら好きな相手に邪険にされたら、悲しみに沈んでしまいそうに思えて、俊樹は落ち着かなくなった。

『あなたが欲しい。あなたが好き』、そう告げられた時、麗美の瞳は涙で潤んでいた。本当に好かれているのだと、あの時、思ったのだ。泣くほど望まれていると思ったから、麗美が男だとわかっていても、軀を許したのだ。

それほど好きな相手に拒絶されたら……好きな女が本当は別にいたとほのめかされたら……麗美ならどうするだろう？　傷つくだろう、泣くだろう、仕事だって手につかなくなるだろう……。

ガタン！

いきなり立ち上がった俊樹を、隣にいる丹羽が驚いたように見上げてくる。

俊樹は秋葉の背中を見つめた。ぴんと背筋の伸びた、白いワイシャツの背中を。

ぼくのせいなのか？　そう聞きたかった。

ごめん。そうも言ってやりたかった。

……相手が、麗美だったなら。

首筋の中ほどまでしかない短い髪。白いワイシャツに強調される肩幅の広さと背中の逞しさ。

俊樹は再びどさりと椅子に腰を下ろした。

秋葉は、やはり麗美には見えなかった。

岩月課長が俊樹に秋葉のことで声をかけていった日から一週間ほどの、ある日。暦はもう七月に入った、暑い日だった。

俊樹が社員食堂から戻ってみると、手配島が騒然としていた。北米の担当者の一人が泣きそうな顔をし、もう一人が二課と手配島を行ったり来たりしている。そして秋葉が二課の端の席で、電話を握り締めて青い顔になっていた。

「どうしたの?」

俊樹は身をかがめて、手前の席にいる金子にそっと聞いてみた。

「手配ミスです。通関できないって、今、愛輝《あいき》商事から連絡があって」

愛輝商事というのは愛知精巧の欧米向け輸出入を請け負う子会社だった。一課二課はこの子会社を通じて、ヨーロッパ、アメリカのグループ会社に製品を輸出している。

が、子会社であろうと他社であろうと、通関に引っかかったとなれば一大事だ。

「手配ミス?」

「クレーム絡みの荷物で、インボイスは愛輝商事のほうで先に作成されていたらしいんです。それでコンテナも手配されてて……ところが税関に来た荷が予定のエムスリーの百倍近かったとかで……」

「百倍!?」

つい声が大きくなった。

つまり、輸出入業者が船に載せて輸出するために書類やコンテナの手配をしていたのに、港に来た荷物が予定していた体積を百倍近く上回っており、コンテナには入り切らず、書類にも虚偽の記載がされていることになり、税関を通らなかったということだ。

インボイスとは輸出入に使われる明細書だが、輸出側、輸入側それぞれが自国の銀行に提出して異国間での支払い決済にも使われる重要な書類だ。意図的であろうとなかろうと虚偽の内容が記載されていたら大問題になる。

「わたしは間違えてません！」

ヒステリックな叫び声がフロアに響いた。

俊樹と金子に向かって、泣きかけていた北米担当者が立ち上がって叫んだのだ。

「わたしは間違えてません！　言われた部品をインプットしただけです！」

その時、

「すみませんでした！」

やはりフロアに響く声があった。秋葉だった。『サイボーグ』とあだ名されるほどの無表情が常の秋葉だったが、さすがに今は青い顔を強張らせている。

「わたしの……ミスです」

腰から深く折って手配島に向かって頭を下げると、秋葉はくるりと踵を返した。新崎課長のもとへと緊張した背中が向かう。

「船はいつ出るの？」

俊樹は金子に尋ねた。

「明後日です」

「じゃあ今日の四時が通関締めか」

時計を見る。一時を少しだけ回ったところ。……ギリギリだが間に合わない時間でもない。

「ものはなんだったの？」

「エアコンフィルターです。間違えて後づけエアコンセットが手配されてたらしいです」

「それは……」

なんで間違うかとツッコみたくなるのを俊樹はこらえた。実際に秋葉は間違えた部品を指示し、通関から連絡がきてしまったのだ。

「車種はＭＡⅡ、北米仕様です」

「エアコンフィルターで在庫検索かけてくれる？」

金子の指が軽快にキーボードの上を走る。

画面にずらりと表示された、末尾がちがうだけの部品番号を俊樹は指でたどった。ＭＡⅡは人気車種だ。その車種専用に立てられた部品番号の系列がある。

「……あった、北米仕様。……在庫も……千三百ある」

「オーダーは五百です」

よし、と俊樹はうなずく。

「金子さん」

もう金子は心得顔だ。

「倉庫止めで正しい部品をインプットします。出庫依頼表をつけて受注表はプリントアウトして、それから梱包《こんぽう》依頼書の用意。ですよね？」

「うん」

俊樹は大きくうなずいた。

「最後に、物流に空き軽トラの確認、よろしく」

「了解です」

頼もしい助手はにっこり笑って受け合ってくれる。

緊急の手配はアジア担当なら珍しくもない業務だ。会社のシステムではカバーしきれないものの動きは、結局営業が動き回ってフォローするしかない。

現地のグループ会社や日本での子会社が細かい輸出入業務を請け負ってくれる欧米担当とは異なり、アジア担当はどこまでもカッコ悪く、現地からのクレームの電話一本で走り回らされることもある。

だがその分、緊急手配のノウハウには自信があった。俊樹はひとつ深呼吸すると、秋葉に向かってむずかしい顔を作っている新崎課長のデスクへと急いだ。

途中、岩月と目が合う。

岩月はこの海外営業部での経験が長い。俊樹がやろうとしていることをすでに察しているらしく、ＯＫマークを指で作って示してくれる。

ありがとうございます、と笑顔で会釈を返した。

「どうするんだ。クレームの部品を間違うって、どういう……」

新崎は秋葉に向かって苦い顔で言い募っていた。総務部から課長になって営業に来た新崎は、ふだんは温厚だがいったん怒り出すとねちねちと長い。

「失礼します」

俊樹は秋葉と新崎の間に入るかっこうで頭を下げた。

「部品の手配ミスで通関がトラブったと聞きました」

「………」

三課は関係ないと新崎の視線が言うのを無視する。

「港に行って、ものを差し替えてこようと思います」

「……できるのか、そんなことが」

「できます」

新崎はグループ会社の思惑や上司の機嫌をうかがうのは得意だったが、営業の社内業務に精通しているとは言いがたい。疑わしげに俊樹を見る新崎に、

「三課ではよく使っている手です。倉庫に部品を出しに行き、物流に行って梱包してもらいます。トラックを飛ばせば四時の通関に間に合います」

俊樹は簡潔に説明した。

それでも新崎は疑わしげな目を俊樹に向けてくる。

「製造部からチェックが入るだろう。システムに乗せずに部品を動かすから、在庫管理がおかしく……」

「それは社内の問題ですから」

横合いから助け舟を出してくれたのは岩月だった。

「製造ラインでキープされてる部品を出庫するなら大変だが、小川が行くのは部品売り用の倉庫です。ちゃんと出庫伝票も切りますから大丈夫ですよ。それにこのままだと、船会社にも銀行にもインボイスを切り直すことになって、そっちのほうが処理としては大変じゃないかなあ」

新崎はまずいものを食べさせられたような顔になった。

「……二課ではこういう処理の仕方はめったにないんだが」

嫌みを岩月は笑顔で流した。

「どーも。こないだまで秋葉はウチの人間でしたんで。小川にフォローさせてやってもらえませんか」

その一言が決め手となって、ようやく新崎課長がうなずく。そこへ、タイミングよく金子が伝票と受注表を持ってきた。

「課長、印鑑お願いします」

しぶい顔で新崎が押印した伝票を、金子はくるりと振り返って俊樹へ差し出す。

「出庫伝票と明細、それに梱包依頼書とケースマークです。軽トラは駐車場の三番に止まってるのが使えます」

「ありがとう！」

伝票類を受け取って俊樹は顔を上げた。相変わらず、ぱっと見は無表情に見える秋葉の顔を久しぶりに正面から見る。走り回るのは俊樹一人でもいい。が、秋葉をこのままフロアに残していけば、周りの視線が痛いだけだろう。無表情だからといって、秋葉がなにも感じていないわけではないのだ……。

「手が欲しい。君も一緒においで」

「……はい！」

秋葉の白い顔が、ほんの少しだけゆるんだ。——麗美だったら、満面の笑みを浮かべているのだろうかと、ふと思った。

愛知精巧本社は名古屋市南区にある。東海市にある工場と物流センターへは国道二四七号線を使って南下する。場所柄、大型トラックの行き来が多い幹線道路を、軽トラックを飛ばして俊樹は急いだ。

金子が電話で頼んでおいてくれたらしく、俊樹と秋葉が着いた時にはパレットの上にエアコンフィルター五百枚が用意されていた。

「下に降ろしゃええか」

顔見知りの部品課の社員が気さくに聞いてくれる。

「お願いします！」

物流センターは倉庫と物流の部署から成り立っている。広々とした鉄筋の建物は三階が部品倉庫、二階が製品倉庫となり、一階で梱包とトラックへの積み出しが行われる。

小型リフトがパレットを貨物用エレベーターに運ぶのを見ながら、俊樹たちは階段で三階から一階へと急いだ。

これから、納入時のまま薄い段ボール箱に百枚ずつ収められているフィルターを船積みに耐えられるようダブルカートンと呼ばれる分厚い段ボール箱に梱包してもらい、用意してきたケースマークを貼《は》らねばならない。システムに乗せていれば自動的に処理してもらえることを、今は急ぐために伝票とものを持って営業が走るのだ。

一階ではリフトを待つのももどかしく、秋葉と手分けして箱を持ち、梱包課へと駆け込んだ。

「お願いしまーす」

梱包中の大箱、小箱がごろごろする中で俊樹は大声をあげた。

「おー」

と箱の間から声が返る。

「にいちゃんか、元気にやっとりゃーすか」

顔を出した初老の社員がにこやかに俊樹に向かって手を振った。

「こんにちは！　今日もお世話になります。すいません、これちょっと急ぎなんですけど」

「おみゃーさはいっつも慌てとりゃーすなー」

俊樹は苦笑いを浮かべる。

「すみません、いつもお世話になって……。ものはこれです。箱の大きさがもう決まってるんですけど」

「あ？　船便か」

「はい、通関がもう始まってて」

「そらかんがあ。どこ宛《あて》だ？」

「北米です。サンフランシスコ」

「ほおお珍しいがや。まあほんでも、アメリカ向けでもこういうのが、にゃあことはにゃあわにゃあ」

「よろしくお願いします」

と、頭を下げた俊樹の腕を秋葉がせわしなく引っ張ってくる。

「な、何語ですか、今のは」

早口で囁かれる。

「え、名古屋弁だよ」

「……カンガとかニャアニャアとか」

ああ、と笑いが漏れた。

『かんがあ』は『いかんが』が縮まったので、『にゃあことはにゃあわにゃあ』は『ないことはないはなあ』だよ」

「……はあ」

「――そういえば、名古屋に来てから四年だったっけ」

それは秋葉ではなく麗美に聞いたことだった。

秋葉の瞳が切なげに細められた。

「覚えててくださったんですか」

「……たまたまだよ」

すげなく返して、俊樹は視線を前へと移す。

梱包のベテランが慣れた手つきでダブルカートンの箱を仕立て、緩衝材とフィルターを手際よく詰めていく。蓋にパシュッパシュッとホチキスが打ち込まれた。箱は、そのままプラスチックバンドをかける機械にぽんと載せられ、黄色いバンドをきゅるきゅると巻きつけられた。

「ほい」

日焼けしてごつい手がポンと箱を叩く。

「すごい……」

呟いた秋葉がすっと前に踏み出した。

「ありがとうございました。急いでいただいて、助かります」

丁寧に頭を下げる秋葉に、初老の社員は軽く目を見張った。

「……こりゃまあ……えれー別嬪《べっぴん》なにいちゃんやが」

褒められて、秋葉の口元がほんのかすかにほころぶ。——麗美ならきっと……。

また思考が同じところをたどりそうになり、俊樹は小さく首を振った。今は時間がない。

「ありがとうございました！」

大きな声で礼を言い、秋葉と二人で段ボール箱の両端を支えて持った。

次に目指すは港だ。

軽トラックの荷台に梱包の済んだ荷を積み、伊勢湾岸《いせわんがん》自動車道を金城《きんじょう》埠頭《ふとう》へと走る。

海運会社の港湾事務所に飛び込んだのは三時を三十分も回ったところだった。

「すみません！　愛知精巧ですが！」

「お待ちしてました！」

よく日に焼けた作業着姿の男がすぐに出てきた。

「営業の岩月課長さんからお電話いただいてます。荷物はありますか？」

その後はスムーズだった。

海運会社の社員が軽トラから荷を降ろし、通関へと走る。差し替えられた荷は別便のトラックで愛知精巧の倉庫に戻してもらえることになった。

「お疲れ様でしたー」

潮風によく通る声に送られて軽トラに戻れば、思わず『はあ』と溜息が漏れた。

秋葉も放心したように、助手席側のドアにもたれて建ち並ぶ倉庫群を見ている。

西に傾き出していても七月に入った午後の日差しはきつかった。上着は軽トラに放り込んだままにしてあったが、シャツにネクタイ姿でもじわりと汗が滲んでくるような暑さだ。それでも頬を撫《な》でる潮風が心地よくて、一仕事終わった解放感にしばし浸るのも悪くなかった。

ふと見渡せば、港湾事務所の建物の陰に飲み物の自動販売機があった。

そういえば昼から一滴の水も口にしていない。急に喉が渇いた。

「なにがいい？」

トラックの角から顔を突き出して秋葉に声をかける。

「え？」

「飲み物。買ってきてやるよ。なにがいい？」

「わ、わたしが行きます。そんな……」

「いいから。なにがいい？　コーヒー？　ウーロン茶？」

「じゃ、じゃあ……コーラを」

リクエストのコーラと自分用のウーロン茶を買ってトラックに戻ると、秋葉は恐縮したように頭を下げた。

「ありがとうございます」

ひとつひとつの挨拶がきちんとできるのは、やはり水商売で鍛えられているからだろうか。麗美も綺麗なお辞儀ができた……。

つい麗美と秋葉に共通点と相違点を探そうとしている自分に、俊樹は気づく。ここは麗美と同じ、ここは麗美ならこう……そんなむなしいことを考えてなんになる。

俊樹が自分に向かってついた溜息に、秋葉が顔を上げた。

「今日は……本当に小川さんにはお世話になりました」

「いや…三課にいたら、遅かれ早かれ教えることになってたことだから。気にしなくていい」

さらになにか言いたそうな秋葉を遮り、

「帰ろうか」

俊樹は背を向けた。車に乗り込む。

行きは緊張した顔で前ばかり見ていた秋葉だったが、帰路は様子がちがっていた。今度は上半身ごと運転席の小川に向けて、ほかを見ようとしない。

居心地が悪い。

「……なに。こっちばっかり見るなよ」

十分も走ったろうか、根負けして俊樹は自分から声をかけた。

「……小川さんだなあと思って」

「……なにを当たり前のことを……」

「もうずっと避けられてました」

「…………」

話が嫌なほうに流れそうだった。

「ラジオつけていい?」

古いカーラジオのスイッチに伸ばした手は、秋葉の手に軽く握り止められた。

「あなたの声だけ、聞いていたい」

「……そういうことを言うなら、車から放り出す」

もぎ放すように手を引き抜いた。ちらりと視界の隅で見てみると、秋葉は小さく唇を噛んでいる。

「今日のミスは勉強になったと思うよ」

俊樹は強引に話題を変えた。

「一課二課はイレギュラーに処理される手配が少ないからついつい注意が甘くなるけど、部品名から部品番号を割り出す時にはエンジニアに再確認を取るぐらいにしないと。ミスは誰にもあるけど、ケアレスミスの類は褒められないよ」

先輩らしく、再発防止のアドバイスを含めて苦言を呈する。俊樹の心積もりでは、ここで秋葉に素直に『はい』と言ってもらい、続けて自分の失敗談をあれこれ話して落ち込む新人をフォローしてやるつもりだった。

——が。

秋葉からは、なかなか『はい』の一言がない。

信号で止まったところで隣を見れば、涙の滲んだ双眸がじっと自分を見つめていた。

「……あなたのせいです」

「は？」

「ミスは、あなたのせいです」

なにを言い出す気だと見つめ返せば、車内には緊迫した沈黙が満ちる。

後ろからクラクションを鳴らされるまで、青信号に変わったことも気づかなかった。

「……なにを言い出す」

車を発進させながら低く返すと、隣からの視線もきつくなった。

「もちろん、ミスはわたし自身の不注意のせいです。フォローしていただいたことには心から感謝しています。仕事の失敗を人のせいにするなんて卑怯なことだってわかってます。けど！　あなたのせいだ。あなたがわたしのことを無視し続けるから……！」

「ぼくが無視したから？　無視されて失敗した？　どこの子どもの理屈だよ。小学生並みじゃないか」

「……あなたは、ひどい」

口惜《くや》しそうな声が、絞り出される。

「あなたはわたしに好きだと言ってくれた。愛してると言ったら、ぼくもって返してくれた。なのに……」

これ以上運転を続けていたら、事故を起こす。

そう確信して、俊樹はハザードをつけて車を脇に寄せた。幸い、道は護岸沿いの物流道路を選んで走っていたので、交通量はほとんどない。

「あれはおまえに言ったんじゃない！」

ハンドルから手を放して躯ごと秋葉へと向ける。ここははっきりしなければと思う。

「おまえじゃない！」

「わたしです！」

秋葉の声も大きくなった。

「麗美はわたしです！　そりゃ……見た目は多少変えてますが……中身は同じです！」

「おまえだってあの時、言ってたろ！　秋葉のままだったら受け入れてもらえないと思ったって！　その通りだよ！　おまえだって知ってたら、受け入れなかった！」

「でも……！」

秋葉の顔が激しく歪みかけ、またすぐに、浮かびかけた感情はクールな白い顔の中にかき消えてしまう。

「でも、あなたは麗美には好きだと言ってくれた。大丈夫だって繰り返してくれた。あれは全部嘘だったんですか？」

嘘だったと嘘を言うことはできなかった。俊樹は小さく首を振った。

「——……それでも、ダメなんだ。おまえと麗美さんは、ぼくの中じゃ、ちがうんだ」

「わたしと麗美は同じ人間です」

「……同じじゃない」

俊樹は呻いた。

「同じじゃないよ」

「わたしは二重人格でもなんでもありません。麗美が考えていることも、わたしが考えていることも、同じです。お願いです、気持ち悪いとかそんなふうに思わずに……」

「気持ち悪いっていうのは、言いすぎだった。だけど……やっぱりダメだ。おまえと麗美さんはちがいすぎる」

「どこがちがうんですか」

真顔で問われて、俊樹は驚いた。

「教えてください。麗美とわたしはどこがちがいますか？　そりゃ確かにお店に出ている時はちょっと表情とかしゃべり方とか派手にはしてますけど」

「おまえ……気がついてないのか？」

心底不思議で、逆に俊樹は尋ね返していた。

「麗美さんとおまえはちがうだろ。麗美さんは……すごくよく笑うし、考えてることがすぐに顔に出る。表情豊かっていうか。けどおまえはなに考えてんのかわかんない無表情ばっかりじゃないか」

「……え」

よほど意外だったのか、秋葉は自分の顔を手で探った。

「……表情？」

「……本当に気がついてなかったのか？」

「前にも……あなたにお店で言われた。秋葉は無表情だと。でも……男ならそれが普通なんじゃないんですか？　女の子のように泣いたり笑ったりしちゃいけないんだから」

そう言い切った秋葉の顔を俊樹はまじまじと見つめた。

「それは極端だろう」

「そうでしょうか」

「周りを見てみろよ！　男だって泣いたり笑ったり…」

ふと気づいて俊樹は口をつぐんだ。思い当たることがある。

サイボーグとまであだ名されるような能面が常でも、隣り合った席で仕事をする中で秋葉にも感情の片鱗が見えることがあった。新人歓迎会の時もそうだ。俊樹に手を握るのを拒否されて秋葉は泣きそうに顔を歪めた。だが、自然な感情の発露としてこぼれかける表情は、いつも厳しい検閲に引っかかりでもしたようにすぐに消えてしまう。

男の格好の時と女装している時とで、極端に変わる表情。

それが厳しすぎる自制のせいなら……。

「いいんだよ」

口から自然に言葉がこぼれていた。

「男でも泣いたり笑ったりしていいんだ」

静かに語りかける口調で続けた俊樹に、秋葉の目が見開かれた。

「……いいんですか？」

「いいんだよ」

俊樹は深くうなずいた。秋葉が囚《とら》われている檻《おり》があるなら、そこから自由にしてやりたくて――。

「…じゃあ」

おもむろにシートベルトを外し秋葉は身を乗り出してきた。

「わたしが表情豊かになったら、わたしとつきあってくれますか?」

「え…?」

「だって問題は表情だけでしょう?」

至近距離で言い放たれる。

慌てて自分もシートベルトを外して、俊樹は運転席の隅に逃げた。

「ち、ちがう!　麗美さんとおまえはぼくにとっては別人なんだ!」

「……ちがわない」

今度は低い声で囁かれた。

「あなたが、受け入れてくれた麗美は、わたしです……」

伸びて来た手に、そっと頬を包まれる。びくりと軀が勝手に震えた。

「キス…させてください。そしたら、あなたにもわかる。麗美とわたしが、同じだと」

「や、やめろ!　い、言ったろ、俺には真由美が……」

「ああ、それ」

ツン、とほんのわずか、秋葉の鼻が上を向いた。その瞬間だけ、プライド高い夜の蝶の顔が、サラリーマンである秋葉からのぞいて見えた。

「どのみち、わたしはホステスでしたから。遊ばれたにしろ遊んだにしろ、女子中学生のように騒ぐのもおかしいじゃないですか。その上、わたしは男ですから。結婚なんて道は最初からないんです。それなら、あなたが誰とどうつきあっていようと、わたしはわたしで好きな人を一途《いちず》に追い求めればいいんです」

要は開き直ったということか。

俊樹にとってはありがたくない秋葉の腹の据え方だった。

「小川さん、好きです」

秋葉が運転席へと身を乗り出してくる。いくら軀を縮めても助手席から運転席へと膝をついて乗り出されては逃げ場がなかった。

両頬を包まれて仰向かされる。

「やめ……っ」

両手でガードするより早く、唇が重ねられた。

あたたかく柔らかい感触は、確かにあの夜、俊樹を酔わせたものと同じだ。

「んんっ……！」

激しく吸われる。

俊樹はきつく眉根を寄せた。

これは秋葉だ。自分に言い聞かせる。しかし、この唇も舌も、俊樹には覚えがあった。

かすかにコーラの味が残る舌が、俊樹の口中で踊る。俊樹の舌を絡め寄せ、ねっとりと舐め回す。

「……ふ……」

口蓋《こうがい》を舌先でちろちろとくすぐられる頃には、官能の痺《しび》れが背中を走っていた。

手を股間に押し当てられる。

——あの夜をもっと思い出せと言うように。

……そうだ、この手だった。

俊樹の肌を愛しむようにまさぐり、全身を愛撫したのは。

記憶が溢れてくる。

そう……あの夜、淫《みだ》らな音を立て、熱心に俊樹のペニスを愛撫したのは、今重ねられているこの唇だった。狂おしく俊樹を抱き締めたのはこの手だった。

乱れた息を互いの口元にこぼし合い、唇の上で唾液を舐め合った一夜。好きだと告げ合って……。

「好き、好きです、小川さん……」

切ない囁き声は、愛しいあの人のものと同じ。

「あ……」

自分の声もまた記憶の中と同じように熱を帯び出していることに、俊樹は怯《おび》えた。股間のモノをスラックスの上からまさぐる手は、いやらしさを増す。

思い出せと。

——あの夜、生まれて初めて男の熱い楔《くさび》に身を割られた。泣きたいほど痛くて、そして苦しかった。

それでも好きな相手の望みに応えられたことが嬉しかった。

身を抉《えぐ》る熱さも硬さも大きさも、すべてが自分を望んでくれればこそだと感じられた。

『全部……入りました』

ぴっちりと触れ合う腰と太股の感触がその言葉を裏づける。

『よかった……』

苦しい息をつきながら、本心から囁いた。麗美の想いを躯で受け止めることができて本当によかったと、思えたからだ。

『嬉しい』

丸く花のように開いたスカートの下で俊樹を貫きながら、麗美は……男はそう言ったのだ。

その表情に、言葉に、俊樹はさらなる蹂躙《じゅうりん》さえ、喜んで受け入れてやりたいと思ったのだ。

両脚の間にある男の躯に、何度も揺すり上げられた。腰を打ちつけられ、悲鳴に似た喘ぎをどれほどあげたろう。

熱に擦《こす》られて、俊樹のそこも熱を持った。

突き入れられる痛みと抉られる苦痛の中に、やがて、かすかになにか甘やかなものを感じられたような気さえした……。

胸の上に倒れ込んできた体重を、俊樹は確かに喜びを持って受け止めた。

『好きです……』

ぼくも、と返した言葉に、嘘はなかった——。

「もう一度……あなたとひとつになりたい……」

抱き締めてくる腕の強さも熱さも、あの夜の男と同じ。……そのはずだったが。

「やめろっ！」

俊樹は覆いかぶさろうとする男の軀を思い切り突き飛ばした。

「……冗談じゃない！　いい加減にしろっ」

麗美にこんなきつい言葉をぶつけたら泣くかもしれない。別人だと言いながら、涙を見たくなくて、横を向いたまま、俊樹は叫んだ。

「同じ……同じ会社の男だぞっ！　あれは……あの晩は間違いだったんだっ！」

言い切った。こんな関係は認められない、絶対に。

どれほど沈黙が続いたか。やがて秋葉は震える息をついた。

泣き出すのかと思った。

が、男は泣かなかった。

「……あなただって、感じてたくせに」

口惜しげに吐き出される言葉が、真実だからこそたまらなかった。

「——降りろっ！」

俊樹は男にめちゃくちゃに拳を叩きつけた。

「降りろ、降りろっ！」

何発目かの拳が、ぱしっと秋葉の手の平に受け止められた。

「あ……」

夜の繁華街で三人のチンピラを一瞬で倒した麗美の姿を思い出した。空手の経験者だと言っていた——。

「……怖がらなくても。あなたに暴力はふるいません」

俊樹の目に浮かんだ怯えが見えたのか、秋葉は静かにそう言うと、助手席のドアから滑るように降りていった。そのまままっすぐ、道路脇を歩き出す。

古くは港への木材運搬のために堤防沿いに造られたこの道は、今はコンクリートで固められ、港と周辺の工場を結ぶ道として残っているが、新しく造られた幹線道路にその役を奪われて、交通量はかなり少ない。タクシーを拾おうにもこんな道を走るタクシーはないし、市街まで出るには距離がある。

それを知っているのかいないのか、秋葉はまっすぐにぶれない足取りで歩いていく。

西日を浴びながら姿勢のいい長身が遠ざかるのを、俊樹は親指を嚙んで見つめる。

——ひどいのは、自分だ。

麗美はかよわい女のふりなどしなかった。どこもいじっていない『男』のままであることを、自分の口でも隠さずに伝えてくれていた。

酔いがあったとはいえ、それでも『好きだ』と言ったのは俊樹だった。『大丈夫だ』とも。

完全な合意の上で関係を持ったのに、別人だから受け入れられないと言われた秋葉の気持ちはどうなるのか……。

「でも……ちがうじゃないか……麗美とおまえは」

もうずっと長い間、恋愛に対しては自分にブレーキをかけてきた。

それなのに今になって、同性の後輩との恋愛に踏み切るなんて、できるわけがなかった。

小さくなっていく白いシャツの背。

「おまえはそんなにぼくが好きか……?」

自分の問いに自分で首を横に振る。——秋葉はなにも知らない。秋葉だって、真由美が誰なのか、栄を歩いていたのが誰と誰だったのか、すべてを知ったらそれ以上、『好きだ』などとは言わなくなるだろう。

だからいい。このままでいい。

心を決めて、俊樹はアクセルを踏んだ。秋葉を追い越して止まる。

「乗れ」

窓を開けて短く告げる。

「ただし、後ろだぞ」

「……後ろは荷台ですが」

「歩いて帰る気か？」

「……わたしに迫られるのが怖いんですか？」

「歩いて帰れ」

「……ごめんなさい」

おとなしく体育座りで荷台に乗った男を積んで、軽トラはきつい西日の中を走った。

トラブルがあったのが木曜日だった。

終業時間に三十分を残して帰社した俊樹と秋葉はそれぞれの課長である新崎と岩月に報告と挨拶をし、金子と北米の手配担当者に頭を下げた。

愛輝商事からも無事に通関が済んだ旨の連絡があり、ほっとしつつも疲れ切って帰宅した。

金曜日は何事もなく平穏にデスクワークに終わった、その日――。

俊樹の帰宅の足取りは弾んでいた。

今日は公大《きみひろ》に会える。

毎週末のこの楽しみがなかったら、自分はサラリーマンとしてこれほど頑張れているだろうかと疑問になるほど、俊樹は公大に会える土日が大切だった。特に今回は月に一度の『金曜日からお泊まり』の日だ。

わくわくする。

予定通りに公大が来て、夜の十時まではなんの問題もなかった。

明日はなにをして遊ぼうとあれこれ話し合ったり、一緒に夕飯を片づけたりして、俊樹は公大と楽しい時間を過ごした。

十時の時報とともにインターホンが鳴るまでは。

こんな時間に誰だろうとは思ったが、心当たりがあったので、特にドアを開ける前に誰何《すいか》することもなく、俊樹はドアを開けてしまった。

「こんばんは」

訪問者は綺麗な笑顔で軽く会釈をよこした。

「あ……」

麗美だった。柔らかな巻き毛のウイッグをつけ、品のよい可愛いワンピースに身を包んだ麗美だった。

「なん……」

俊樹がとまどう間に、麗美はするりと玄関の中へと入ってきた。

「住所は庶務の方のファイルを勝手に見ちゃいました。どうしてもお話したくて。ごめんなさい」

「どうして……」

麗美はまっすぐ顔を上げると俊樹を見つめた。

「あなたが秋葉と麗美はちがうと言うなら、麗美としてももう一度あなたと話がしたいと思いました。麗美としても振られてしまうなら、仕方ありません。でも、この姿できっちり断られなきゃ、諦め切れません」

「…………」

黒い瞳は揺るぎない。麗美の、秋葉の本気を感じさせる双眸に気圧《けお》される。

なにか言わないと……そう思いながら俊樹が口を開こうとした、その時。

「おとうさーん、お客さーん？」

リビングへのドアが開いてポケモンのパジャマを着た公大がひょいと出てきた。

「あ、こら！」

タタタ、と軽い足音で駆け寄ってくると、子どもは無邪気に麗美を見上げた。

「うわーきれーなおねーさーん」

「……どういうことですか」

あまりのことに地声に戻った麗美に詰め寄られる。

リビングと襖《ふすま》で隔てられた隣の部屋で公大が寝ているために、その声はひそめられている。

「だから……ぼくの子どもなんだ」

「奥さんがいるなんて、聞いてませんよ」

「……離婚したんだ。公大は平日は向こうで暮らして、土日だけぼくのところに来る」

きちんと正座した膝の上で麗美の手がぎゅっと拳に握られた。

「あなたは二十六でしたよね？　あの子は五歳にはなっているように見えますが」

「今年小学校に入学したんだ。六歳だよ」

アイラインの引かれた目がきりりと吊り上がった。

「そういうことじゃありません。きちんと話してください」

ずいっと膝を乗り出される。

追及は厳しいものになりそうだった。ドアスコープで確かめることもせずドアを開けたことを後悔しても遅かった。公大の母親かと思ったのだ。公大がなにか忘れ物をして、それを

届けに来たのかと。

ここまで来て隠すことはもうなかったが、若い頃の苦い経験を話すのはためらいがあった。

「わかってるんですか?」

麗美の声に怒気がある。使い分けているのか、声も裏声になった。

「あなたは酒に酔って、『今夜は君とずっと一緒にいたい』ってわたしを口説いたんですよ。……いいから聞いてください。もしわたしが本当に女性だったら、あなた、かなりひどいことをしたって、わかってますか? お互い合意で一夜の関係を持っておきながら、あれは間違いだなんて言って、揚げ句に子どもがいることを隠してた。ひどすぎませんか?」

俊樹は黙り込んだ。

ワイシャツにネクタイ姿の秋葉が相手だったら、『でもおまえが』と言うこともできた。『女子中学生じゃないんだから騒がないって言ったじゃないか』と相手の言葉を盾にすることもできた。

俊樹の意識の中では、麗美と秋葉はどうしても同じにはならなかったからだ。

あの一夜の情交の記憶にあるのはあくまでも美しい女性の姿だ。もちろん、昨日のキスと抱擁に、自分を愛し貪《むさぼ》ったのが秋葉だということは、しっかり認識させられた。

しかしそれでもなお、関係を持った『本人』からなじられているという意識にはどうしてもなれなかった。

今夜、秋葉が麗美の姿で現れたのは、俊樹を追い詰めるという点で非常に有効だった。秋葉相手には、『ほんっとうにごめん』と謝ることができなくても、麗美『本人』には自然に頭が下がる。

「悪かった」

「……ひどいと思いませんか?」

下げた頭に、震えて傷ついた『女』の声が浴びせられる。

「わたしには本当のことを言わなかったただの、隠してただの責めておいて……自分は子持ちだなんて、ひどすぎる」

返す言葉もなかった。酔っていたとは言いながら、子どもがいることを黙って合意の上で関係を持ったのは非難されても仕方ないことだと思う。俯いていると、

「あーそうか」

上から皮肉な『男』の声が落とされた。

「どのみち水商売の女との火遊びのつもりだったんだ。ヤるだけヤって一夜限りのポイ捨てのつもりだったら、子どものことなんて言う必要はないですもんね」

「ヤッたのはそっちじゃないか!」

思わず言い返して、麗美の美貌に睨み返される。

「わたしは誠意のことを言ってるんです!……ひどいわ、こんな人だと思わなかった」

今度は器用に、前半は地声、後半は女声だった。

「……だいたいおまえが女装なんてややこしいことしてるのがいけないんじゃないか」

「ニューハーフバーってわかって遊びに来てて、いまさらそういうこと言うの！」

「まさかそこに会社の後輩がいるなんて思わないだろ！」

「会社の後輩じゃなかったらヤリ逃げのつもりだったのね！　信じられない！」

つい双方熱くなっていた。

「……おとーさん……」

襖が開いた。

「あ、公大、ごめん！」

目をこすりながら起きてきた公大に、さっと俊樹は立ち上がった。

「おとーさん、ケンカ？」

「ううん。ケンカじゃないの」

優しい声でそう答えたのは麗美だった。

「お話し合いしてるだけ。ごめんね、起こしちゃって」

「ん……仲良くしてね」

「公大、一度おトイレに行っとこうか」

子どもをトイレに連れていき、もう一度、布団をかけてやる。子守唄《こもりうた》代わりのオルゴールを枕元《まくらもと》にセットして、そっと襖を閉めた。

「いいおとうさんですね」

囁き声でそう言われる。

「そういえば……わたしが入社してすぐの頃に半休を取っていらっしゃいましたよね？　あれは……」

覚えていたのかと力ない笑みが漏れた。

「四月八日。公大の入学式だよ。式だけ出てそれから出社したんだ」

「真由美というのも……？」

「公大の母親だよ。……ぼくの、別れた奥さん。栄を歩いてたのは、公大にねだられてデパートに三人で出かけてたんだ」

俯いた頬に強い視線を感じた。

「もう少し話してください。このままじゃ、帰れません」

俊樹はひとつ、溜息をついた。これ以上、隠す必要もない。

「……大学二年の時に……サークルのOGだった真由美とつきあうことになって……」

四つちがいだった。俊樹が入学した年に真由美は卒業し、新入生とOGとしての出会いだった。

「失礼ですが、社会人の女性がよく大学生とつきあう気になりましたね」

「……可愛いって言われたんだよ。最初はおもちゃにされてただけだったけど……そのうちだんだん仲良くなって……」

真由美は外資系の証券会社に勤めていた。いつもフェミニンなラインの服に身を包み、おとなびて色っぽく、俊樹は夢中になった。

『いいの……君はじっとしてて』

『怖い？　平気よ、すぐに気持ちよくしてあげる……』

真由美は俊樹の初めての女性になった。

入籍したのは俊樹が大学三年の時だった。真由美から妊娠したと告げられて、俊樹は迷わずプロポーズしたのだ。予想外の妊娠に、真由美は勝ち気な彼女には珍しく不安になっていたらしい。涙ぐんで俊樹に向かってうなずいた。

結婚生活は二年続いた。

つまり、公大が生まれ、一歳になって保育所に預けられるようになるまで。

結婚生活の最後の頃、真由美はいつもイライラしていた。

「仕事もできる人だから……ぼくがガキすぎて我慢できなかったんだと思う。ぼくが社会人になって亭主ヅラするようになるのがイヤだったんじゃないかな。公大の父親は欲しいけれど、自分に夫はいらないってはっきり言われたよ」

「…………」

麗美の顔が険しくなっているのを見ながら、俊樹は苦笑した。

「ぼくも今から思うとママゴト感覚だったしね。彼女がイラついたのも仕方ないって今では思ってる。当時はつらかったけれど……あの時決断したおかげで、真由美と今もいい関係でいられるんじゃないかな。こうして土日ごとに公大と過ごせて、成長を見守ることもできて……ありがたいと思ってるんだ」

俊樹が話し終わっても、麗美はしばらく口を開こうとはしなかった。固く唇を引き結び、何度か深呼吸を繰り返す。その姿は、なにか、自分の中の思いを懸命に処理しようとしているように見えた。

「……養育費はちゃんと払ってるんですか？」

やがて顔を上げた麗美が口にしたのは意外な質問だった。

「真由美さんが具合の悪い時にはちゃんと手伝ってますか？」

うん、と俊樹はうなずいた。

「養育費はね、彼女がどうしても受け取ろうとしてくれないから、公大名義の通帳に毎月決まった額を振り込んでるよ。手伝いは……彼女は今、実家で暮らしてるんだ。おじいちゃんおばあちゃんがいるから、ふだんはぼくの出る幕なんてないんだけど……頼まれればいつでも飛んでくつもりでいるよ」

俊樹が落ち着いてそう答えると、麗美は小さく何度もうなずいた。

「……変な言い方ですけど……それでこそ、わたしが好きになった小川さんだって気がします。最初にお店に来てくださった時は、わたし好みの、母性本能くすぐる系の可愛い人だなあっていうだけだったんですけど……会社で、仕事を教えていただいて……本当に真面目で気持ちのいい人だなあって、どんどん……どんどん好きになって……」

黒い瞳に涙が盛り上がってきたと思ったら、丸い水滴がぽろぽろと麗美の頬を滑った。秋葉だったら無視したかもしれない。だが、美しい女の姿で泣く麗美に、俊樹は反射的にティッシュボックスを差し出していた。

「……もう。ダメですよ。振る相手に優しくしちゃ」

泣き笑いになりながら、麗美はティッシュを抜き出すと目元を拭った。

「レミ、毒気を抜かれちゃいました。もう一度あなたを押し倒してやる、ぐらいのつもりで出てきたんですけど」

いたずらっぽい笑みが艶やかなピンクに彩られた唇に浮かぶ。

「お子さんいるなんて、超反則。ずるいです」

「……ごめん」

俊樹は素直に頭を下げた。麗美が大きくひとつ、息をつく。

「……公大君を……大事にしてあげてください」

再び俊樹に向けられた瞳はまだ潤んでいたが、その口元には笑みがあった。

「わたしなんかに言われなくても、あなたは大丈夫でしょうけれど」

「そんなことは……」

麗美はすんっと鼻をすすり上げた。

「……残念ですけど、諦めます」

座布団を降りると正座の膝を正し、麗美は両手を前についた。

「しつこくして、すみませんでした」

低い、男の声ではっきりと、秋葉は自分の恋に終止符を打った。

4

「昼飯行かんか、昼飯」

岩月にそう声をかけられたのは、八月、夏の盛りの昼時だった。

「社食の定食ばっか飽きるだらー？　外行こみゃあ、外」

「はい、お供します」

俊樹が立ち上がると、二課で一人席にいた秋葉に、

「おう。秋葉も行かんか？」

岩月は気さくに声をかけた。

「ご一緒していいんですか？」

嬉しそうな笑顔で秋葉が振り返る。

「いい、いい。来い来い。ただし自腹だぞー」

「一瞬、期待しました」

秋葉の返しに岩月が笑う。

――最近、こういう風景をよく見る。

秋葉がよく笑うようになった。怒る顔も、心配そうな顔もする。要は表情豊かになったのだ。礼儀正しさは崩さないまま、柔らかな表情で軽口にも応じるようになった秋葉の周りに、最近はよく談笑の輪ができるようになった。

いいことだと思う。素晴らしいことだとも思う。そう思いはするのだが……。

「あっついなあ」

建物を出たとたんに圧力のある熱気に包まれる。もう来週はお盆だ。名古屋の蒸し暑さは半端ではない。

「こういうあっつい時は麵《めん》だな、麵」

岩月が足を向けたのは、会社の裏にあるうどん屋だった。瓦《かわら》屋根の古い日本家屋に、藍《あい》染《ぞ》めの暖簾《のれん》がかかり、小さいけれど繁盛している店だ。

「あーなんにしよまいか」

昼時につきものの行列の端につき、岩月は中をのぞき込んだ。

「煮込みはちょーっと季節じゃにゃあわにゃあ」

「あ！　それ！」

小さく秋葉が岩月を指差す。

「最初わからなかったんです、ニャアニャアって。名古屋弁では、『ない』を『ニャア』って発音するんだって小川さんに教えてもらってびっくりしました。味のある音ですよね」

「ほーか？　年寄り臭いって言われてまうんだわ」

岩月がまんざらでもなさそうにニヤつく。

『で、結局、注文はなににするんですか』、二人の会話に割って入り、きつい口調でそう言いたくなる衝動を俊樹はこらえた。無性にイライラする。

「そういえば、秋葉は名古屋の出じゃにゃーきゃ？」

「元は広島ですが、育ちは静岡です」

「おー茶どころか。大学がこっちか。味噌煮込みは食ったことあるか？」

静岡と聞いてとたんに標準語になる岩月がおかしいが、俊樹は笑うどころではなかった。自然な表情で会話を楽しむ秋葉に、とにかくイラつく。

「煮込みというのは、味噌煮込みうどんのことですよね。すごく味噌が濃くてびっくりしました。つゆが味噌味のうどんかなぐらいに思っていたので」

「味噌煮込みはあれは麵からちがうんだぞ。ちゃーんと煮崩れせんようになっとるんだわ」

「あと驚いたのはきしめんですね。うどん屋に行くと、必ずうどんときしめんとそばとあるじゃないですか」

「おーあるある」

「なんでわざわざうどんを平たくするんでしょう」

「おまえ、今、尾張《おわり》の食文化に喧嘩《けんか》を売ったぞ」

声を立てて秋葉が笑う。——ますますおもしろくない。

席に案内されて、四人がけのテーブルに三人で落ち着いても俊樹のイライラは収まらなかった。むしろひどくなるばかりだ。

「おまえはきしめんだ、きしめん」

「強制ですか」

「ここのきしめん食ってみろ。薄さと幅が絶妙で、とぅるっとぅるなんだ。きしめんのよさがおまえにもきっとわかる。二日酔いには絶対にきしめんだぞ」

「あいにくと昨夜は休肝日でした」

オーダーするだけでなにをそんなに盛り上がらなければならないのかと、俊樹はムカムカした。

「すいません！　天ざるひとつ！」

手を上げてさっさと注文する。

「お。天ざるか、いいな。こっちもひとつ！」

「なんだ、きしめんじゃないんですか」

「あと天ぷらきしめんひとつ！」

「……課長、いじめっ子だったでしょう」

拗ねたような顔で秋葉が言う。俊樹はテーブルの下で拳を握り締めた。秋葉が岩月に向ける言葉や表情に、こんなところで営業かける気かと嫌みを放ってやりたくてたまらない。

「……最近、あれだな」

お盆に載ってざるそばときしめんがそれぞれに届いたところで、箸《はし》を割りながら岩月が切り出した。

「秋葉、表情が柔らかくなったな。ほかでも言われるだろう」

「……ええ。とっつきがよくなったと言われました。自分ではあまりわかりませんが」

「人間関係は大事だからな。いいことだぞ。……小川もそう思うだろう」

あまりに黙り込みすぎていたのか、岩月に話を振られた。

「ええ、まあ……」

「……わたしの表情が柔らかくなったとしたら……」

嫌みのない微笑を秋葉は俊樹に向けてくる。

「小川さんのおかげです。入社してからずいぶんお世話になりました」

「ぼくはなにも……」

「でも小川さんが教えてくださったんですよ。わたしの表情が硬いって」

「ほおお」

岩月が驚いたように見てくる。

「……そんな大したことを言ったわけじゃありません」

ぶっきらぼうに俊樹は返した。

「でも本当に教えていただけてよかったです」

秋葉がおだやかな笑みとともに頭を下げてみせる。

そんなふうに笑うなと言いたかった。すべて吹っ切れたみたいに。なにも二人の間になかったみたいに。

岩月も日焼けした顔をほころばせ、にこにこしている。もともと部下の面倒見はいい上司だ。秋葉の変化を単純に喜んでいるのだろう。

それでもイラつく。秋葉にかまう岩月に、岩月になつく秋葉に。

岩月だけではなかった。相手が誰でも苛立ちは同じだった。

つい先日は、秋葉の作った企画書を褒めた新崎と、その新崎に照れたような笑みを浮かべた秋葉の両方にムカついた。

秋葉が柔らかな表情を向ける相手、すべてにムカつく。

理不尽な苛立ちだとわかっている。秋葉がなんの下心もなく感情を表しているのだということもわかる。

わかっていてなお、おもしろくないのは、素直に笑顔を笑顔として浮かべるようになった秋葉の表情のいちいちが麗美を思い出させるせいだった。皮肉なことに今になって、麗美と秋葉がまぎれもなく同じ人間だったのだと俊樹は痛感するようになっていた。

本当に皮肉だった。麗美と秋葉を同じ人間として認められない理由に俊樹は秋葉の無表情を指摘した。その指摘を受け入れた秋葉は自分の感情を素直に表現するように心がけるようになり、その結果、俊樹の好きだった麗美の笑顔が秋葉の顔にも浮かぶようになったのだ。

自分に向かって優しく笑いかけてくれる麗美は消えてしまったのに、職場の人間に優しく笑いかける秋葉がいる。その事実が俊樹にはたまらなかった。

「どうだ、きしめんとうどんはちがうだろう」

「……でもうどんだけでいいような気もするんですけど」

「まだわからんか」

会社に戻る道すがら、きしめんを論ずる岩月と秋葉の後ろを黙ってついていきながら、俊樹の心中は複雑だった。

元妻である真由美から仕事中に電話があったのはそんな頃だった。

メールであらかじめ予定を摺り合わせることもなく、いきなり就業中に電話をかけてくることはまずないだけに、携帯に名前が表示されただけでドキリとした。

「もしもし」

『ごめんなさいね、お仕事中に。ちょっと困ってて』

そう言う真由美も会社からかけているのか、周りを慮《おもんぱか》ったようなひそひそ声だ。

『今、トワイライトの先生から電話があったの。公大、友達とふざけててフェンスに突っ込んでケガしたって』

昨今の学校には厚生労働省指導の放課後支援事業というものがあって、学童保育とは別の管轄で平日の放課後や長期休暇中にも児童を学校で預かってくれるのだと、公大が入学する時に俊樹も聞かされていた。愛知県ではその放課後支援事業をトワイライトと呼ぶ。

「ケガって、どこを⁉」

『肘《ひじ》のあたりを切っちゃったらしいの。ケガ自体はすぐに病院に連れてってもらって、もう治療は済んだんだけど、今日はこのまま帰らせてほしいって言うのよ。三針縫ったからって。今の学校は過保護よね。そのまま遊ばせちゃってくださいって言ったんだけど、お子さんもショックだからとか言われちゃって』

三針も縫ったならけっこうなケガだと俊樹には思えたが、真由美は相変わらず豪胆だった。

「まだ一年生だから仕方ないよ」

『本当だったら母に頼むんだけど、昨日からうちの両親、一泊で温泉行っちゃってるの。まさかこんなこと起こるとは思わないから。わたし、今から大きな会議があって抜けられないの。俊樹、申し訳ないんだけど、都合つかない？』

腕時計をのぞき込んだ。二時前だ。今日は幸い、厄介な仕事はない。

「わかった。早退するよ。ウチで預かってればいい？」

『ありがと。助かる。こっちの仕事が終わったら迎えに行くから』

「了解。それじゃ」

『トワイライトには緊急時連絡先の三番目にあなたの名前を入れて提出してあるから。免許証かなにか、身分証明書を持っていってね』

三番目。一緒に暮らしていない父親の順位として、それが高いのか低いのか判じかねたが、小学校に子どもを迎えに行くのに身分証明書がいるとは知らなかった。

周りに声をかけ、岩月にも早退届を出す。岩月にだけは公大の存在を知らせてある。

手早く帰り支度をしてフロアを出ると、秋葉が追いかけてきた。

「ちらっと聞こえたんですけど」

エレベーターまでついてきながら秋葉は声をひそめた。

「ケガって公大君ですか?」

「そう」

「どれぐらいの……」

「肘をフェンスで切ったらしい。三針縫ったって」

話している間にエレベーターが着く。

「それじゃ」

「下まで行きます」

開いた扉の中に足を踏み入れると、秋葉もするりと乗り込んできた。

「別に大したことはないよ。わざわざ下までついてくることないのに」

わざと冷たい声を出す。

『しつこくして、すみませんでした』、そうはっきり俊樹に頭を下げてから、秋葉は俊樹に対してきっちり一線を引いていた。会社の先輩後輩としての枠を守り、意味ありげな視線や思わせぶりな言葉を発することは一度もない。二人の間になにもなかったように。

それは俊樹の望むところでもあったはずだった。それなのに、俊樹は一人、苛立っていた。文句を言えた義理ではないのは百も承知だ。秋葉が職場で見せるようになった表情の数々が麗美と同じものであることが腹立たしいなどと、口が裂けても言える立場ではない。

わかっているのに、公大がケガをしたのかと飛んでくる秋葉に無性に腹が立った。

「ケガの時には不安になります」

エントランスロビーに出たところで秋葉はそう言った。

受付嬢の視線を避けたくて柱の陰まで行き、俊樹は秋葉を振り返った。

「だから?」

俊樹の切り返しに秋葉がわずかに詰まったような顔になる。

「君に心配してもらわなくても、ぼくは父親としての役割はきっちり果たすよ」

「……そんなつもりじゃ……」

傷つけ。傷つくな。相反する想いが渦巻く。

「関係ないだろ、君には」

冷たい言葉に秋葉が俯いた。

「そうですね……。ごめんなさい。差し出がましいことを言いました」

秋葉が謝る必要はなかった。公大の存在を知った秋葉はすっぱりと身を引き、俊樹をわずらわせてくることはない。それでも公大の一大事を気にかけてくれた秋葉に、俊樹は『ありがとう、大丈夫だよ』と答えて流せば済む話だった。

去っていく秋葉の寂しげな後ろ姿に胸が疼く。泣いてほしいわけではない。

駆け寄って『ごめん。心配してくれてありがとう』と声をかけたら、秋葉は笑ってくれるだろうか。俊樹を組み敷きながら、浮かべたあの笑顔を、また見せてくれるだろうか……。

記憶にあるのは、綺麗にメイクされた麗美の顔なのに、その時、俊樹の脳裏に浮かんだのは、さっぱりと短めにカットした髪を乱した、素顔の秋葉の顔だった。どれほど整っていても美しくても、男にしか見えない秋葉が目元を潤ませ、微笑みながら『嬉しい』と俊樹の上で囁いて……。

「あほらしい」

口の中で呟いて、俊樹もくるりと背を向けた。

振り払おうと思うのに、寂しそうな後ろ姿の残像はなかなか消えていかなかった。

公大は元気だった。

いったん熱田のアパートに戻り、車で千種《ちくさ》区の学校まで迎えに行くと、

「わあい、車だ！　ラッキー！」

と歓声をあげた。

「ね、おとうさん、帰りにアイス買って、アイス！」

「アイスはいいけど、腕、痛くないか?」

「うん、へっきー！　病院ではちょっと泣いちゃったけど」

「そうか。……痛かったらちゃんと言うんだぞ。痛み止めもらってあるからな」

「はーい」

無邪気な子どもの笑顔にも、今日は心が弾まなかった。

――自分はおかしい。

秋葉が笑顔を向ける相手にムカつき、誰に対しても笑顔を向ける秋葉にもムカつく。それはかつて、麗美が池田に微笑みかけるのを見ておもしろくなかったのとまったく同じ黒い感情だ。今日はついに、わざわざ追いかけてきてくれた秋葉にきついセリフを浴びせてしまった。

「どうしたんだ、俺」

わざとぞんざいに呟く。助手席にちらりと目をやれば、やはり疲れていたのか、公大は車の振動に揺られて寝入ってしまっている。

外遊びが大好きで活発な公大は真っ黒に日焼けしている。もみじのようだった手は今ではずいぶんと大きくなったが、ピンク色した爪《つめ》の小ささはまだまだ赤ちゃんの頃を思い出させる。無心におっぱいを吸っていた唇は、今はおしゃぶりこそ咥えていないものの、ぷくんとまくれあがって愛らしい。そのうち、もっともっと背も高くなり、筋肉もつき、子どもから少年へ、そして青年へと成長していくのだろう……。

大切な、愛しい存在。

離婚するまでは、学生であった俊樹のほうがよく公大の面倒を見ていた。ミルクの温度を手首の内側で確かめることも、おむつ替えの時にはおしり拭きを使うことも知っている。離乳食だって手作りした。

離婚する時には、一度は親権を争って裁判を起こそうかとまで考えた。

そうしなかったのは、真由美自身に涙ながらに懇願されたせいもあったが、なにより、健康で元気な両親がいる真由美の環境のほうが公大にとっていいだろうと思えたからだった。

当時、俊樹の父親は健在だったが、母親が大病を患い入退院を繰り返していた。

だから、泣く泣く公大を手放した。

当時は寂しさに押し潰されそうだった。愛しい我が子と過ごせる週末の二日間がなければ耐えられなかっただろう。

今も週末は必ず公大のために空けている。

心の中心にいつも公大の存在があった。友人に遊びに誘われれば平日なら喜んでつきあったが、土日の誘いは断った。我が子と過ごせる二日間が貴重だったから平気だった。

恋はしたいとも思わなかったし、できるとも思わなかった。いつもどこか警戒していた。

その警戒が麗美相手には消えてしまい、一夜の関係を持ったのは……しょせん男相手に恋愛など成立しないと思っていたせいだとも言えるし、勢いだったとも、酒のせいだったとも言える。だが……。

とにかく『彼女』といたかっただけだった。『彼女』の笑顔を見、『彼女』を身近に感じていたかっただけだった。公大の存在も、恋愛への自制も、相手が本当は男だということすら……あの夜の自分には関係なかった。

『彼女』が好きだった。

男のモノを押しつけられた時の痛みは軀が裂けるようだった。それをこらえ抜き、自分から腰を持ち上げさえしたのは……『彼女』が好きだったからだ。喜んでほしかったからだ。あの朝、もし『彼女』にこれからもこうしてつきあってほしいと望まれていたら、きっと拒めなかっただろう……。

話がややこしくなったのは、『彼女』が秋葉だったせいだ。いつも無表情で冷静な後輩と麗美は別人に見えた。

騙しやがって。そんな腹立ちもあった。

が、今、俊樹の目に『秋葉』の笑顔は『麗美』の笑顔と変わりなく映る。秋葉が岩月やほかの人間に向ける笑顔に苛立つのは、『麗美』の笑顔を独り占めしたかったように『秋葉』の笑顔を独り占めしたいから……。

考えがそこにいたって、俊樹は小さく首を横に振った。

苛立ちの理由は、独占欲と嫉妬《しっと》のせい？　自分とのことはなにもなかったように振る舞うのに、公大がケガをしたのかと飛んできた秋葉に腹が立ったのも、やはり嫉妬……？

「しっかりしろ」

自分に向かって呟く。

傍らの寝顔に目をやる。

公大の存在を知り、秋葉は身を引いた。賢明な選択だ。そんな、わざわざ身を引いてくれた相手に、独占欲と嫉妬？　まるで恋心でも持っているみたいに？

そんなはずない。俊樹はすぐに頭に浮かんだ言葉を否定した。そんなはずはない。

「着いたよ」

車を駐車場に止め、俊樹は隣に眠る我が子にそっと声をかけた。


真由美が来たのは夜七時を回っていた。

「助かったわーありがとう！　あ、いい匂《にお》い！　夕飯作ってるの!?」

外資系の証券会社でアナリストとして頑張っている真由美は、タイトスカートにサマージャケットというスーツ姿で現れた。

「公大のリクエストでグラタンなんだけど、君の分もあるよ。食べてく？」

「うわー嬉しい！　公大のケガはどう？」

「痛みはほとんどないみたいだよ。お風呂に入れる時は濡らさないようにって」

子ども向けのアニメ番組を見ていた公大はリビングに入ってきた母親に、おかえりーと声をかけただけですぐにTVのほうを見てしまう。

「最近、言うこと聞かなくて」

キッチンにあるテーブルの前に腰を下ろすと真由美はぼやいた。

「生意気盛りだろ、しょうがないよ」

デニムのエプロン姿で作りかけのサラダに戻りながら俊樹は笑った。

「――公大から、聞いたわよー」

「なにを？」

ちらりと振り返ると、きらきら輝く真由美の目が俊樹を見ていた。

「すっごい美人のおねえさんがおとうさんのところに遊びに来たって」

「……あー」

顔色が変わらないように注意した。そういえば、うっかり公大に口止めするのを忘れていた。六歳の子どもに口止めをして効くものかどうか、俊樹にもわからなかったが。

「わたしね、よかったーって思ってるの」

真由美は心底ほっとしたように伸びをした。

「ほら。なにも知らないあなたに手を出して、すぐにおとうさんにしちゃったじゃない？」

それは時々真由美が口にすることだった。確かに俊樹が真由美とつきあいだしたのは十代で、二十歳になってすぐに公大ができた。人生を深く考えた上での選択ではなかったとは言える。

「そのあとすぐにバツイチにもしてもらったしねえ」

「あーもう、そういうこと言う！」

二十五を過ぎて、俊樹もようやく過去を笑えるようになった。

「おとうさん、おかあさん、静かにして！」

公大からぴしっと注意が飛んだ。

「はいはい、ごめん。……でね、どんな人？　おつきあいしてるの？」

声をひそめながらも真由美の瞳のきらきらは変わらない。

「……んー……それはビミョー、かな」

「ああん、一番楽しい時ね！」

そうだろうか？

「……とりあえずね、今は白紙状態」

「えーなんで？　家まで来てくれたんでしょ？」

公大のことを話していなかったと言ったら怒られそうで、黙っておくことにした。話すも話さないも、それまでにこちらとしては一度ならず振っているつもりだったのだと弁解するのもややこしい。

「まあ……いろいろ」

「……わたしはね、あなたにももっと人生を楽しんでほしいなあって思ってるの」

組んだ両手に顎を乗せ、真由美はしみじみとそう言った。

「あなたが公大を可愛がってくれてるのはすごく嬉しいし、公大にとっても父親の存在があってありがたいと思ってる。けど……あなたもまだ若いんだし、もっと恋愛も遊びも楽しんでほしいの」

「ちゃんといろいろ楽しんでるよ」

「そうかな。俊樹はけっこう不器用だから。今は仕事と公大のことしかないんじゃないの？」

確かに麗美に会うまで、その二つ以外のことは考えていなかった。

「……わたしもね、実はおつきあいしてる人がいるの」

「へえ！　それは初耳だ」

「初めて言うもの。……いい人なんだけど、わたし自身に結婚願望がないじゃない？　っていうか、公大に俊樹以外のおとうさんを作るのが抵抗あるのかもしれないけど」

「それは光栄だけど……」

でき上がったサラダの上にコーンを散らしながら、俊樹は首をひねった。

「君こそまだ若いんだから、再婚を考えてもいいんじゃないの？」

にっと真由美の唇が弧を描いた。

「ほーら。俊樹もわたしのことだったらそう言えちゃうじゃない」

「あ」

「でしょ」

年上の余裕か、時々真由美はこんなふうに会話をリードする。

「俊樹もわたしも、もちろん公大を大事に考えながら、そろそろ新しいパートナーのことも考えていっていいと思わない？」

新しいパートナー。秋葉への恋愛感情さえ認めたくない俊樹にはハードルの高い言葉に聞こえた。

「……まあ、でも、相手のいることだし……」

「弱気ねえ。ガンガンいかなきゃダメよ、ガンガン」

「うん……」

同性相手でもそう言える？　聞いてしまいたいと思いながら、俊樹は形だけうなずいた。


次の日、フロアに秋葉の姿がなかった。聞けば入社して初めて風邪《かぜ》による欠勤だという。本当だとは思えなかった。肩を落として戻っていった後ろ姿が思い出される。きのうの自分との会話が原因だと思うのは傲慢だろうか……？

もう関係ない相手のことだと自分に言い聞かせる。しかし……麗美は涙もろい。すぐに目を潤ませる。――独りで泣いているのかもしれない。そう思うと、もうたまらなかった。

　仕事の合間にフロアを抜け出した。人影のない廊下の突き当たりで携帯を取り出す。仕事の都合で必要になるかもしれないからと番号は交換してあったが、かけるのは初めてだ。もしかしたら出てもらえないかもしれないと思ったが、何度目かのコールのあと、

「はい」

と低い声がした。

「秋葉か？　小川だけど」

　電話の向こうが黙り込む。

「あの……きのう心配してくれてありがとな。公大のケガ、大したことなかったから」

『……それはわざわざどうも』

　早々に礼を言われて言葉に詰まる。

「……それと……」

　電話を切られるかもしれないという恐れから、なんとか次の一言を絞り出した。

「きのうはキツイ言い方して、ごめん。心配してくれてたのに……」

『いえ。差し出がましいマネをして申し訳ありませんでした』

　冷たく無機質な声が淡々と言う。能面のような顔に戻ってしまった秋葉が携帯を手にしている姿が目に浮かんだ。その想像にツキリと胸が痛む。

「いや。ぼくのほうがひどいことを言った。本当にごめん」

『………』

「その……明日は会社に出てこられそうか？」

『……本当にもう……』

溜息交じりの呟きが小さな機械を通して、俊樹の耳元に切なく響いた。

『あなたはわたしを振り回すのがお上手ですね……』

「秋葉……」

『麗美として……あなたがわたしを受け入れてくださったあの晩、わたしは本当に幸せでした。あなたを腕に抱いて……愛していると何度も繰り返した。そのたび、あなたは『ぼくも』と応えてくれて……本当に嬉しかった。あなたは女性みたいに綺麗な外見の麗美のことを気に入ってくれてるだけだと思ってた。だから、あなたが……男であるわたしをちゃんと受け入れてくれたのが、涙が出るほど嬉しかった』

その言葉が誇張でもなんでもないことを俊樹は知っている。確かにあの夜、俊樹を抱く麗美の瞳は涙で潤んでいた。

『麗美の男の部分をあなたは受け入れてくれたんだから……わたしの本当の姿を見せても大丈夫かもしれない、そう思いました。でも、あなたは……』

携帯を持つ手が嫌な汗でぬめり出す。

愛を分かち合った翌朝の言葉としては最低な言葉を、自分は口走った。

——おまえだって知ってたら、好きだなんて言わなかった。

——酔ってたんだ。でなきゃ男とセックスなんて、するわけない。

改めて秋葉の口から聞かされる自分のセリフは、その身勝手さと酷薄さが際立って聞こえる。

『あの朝、天国から地獄という言葉を、体感させていただきました』

ごめんとも言えなくて俊樹は黙り込む。

『それでも……わたしも卑怯だったし、わたしが麗美であることを黙っていた、そのことに対するあなたの怒りは理解できたから……仕方ないんだ、自分が悪いんだ、そう思おうとしてました。だけど、あなたは仕事で失敗したわたしを助けてくれた。……ねえ、小川さん、拒否したい相手にどうして優しくしたんですか？　あの日、あなたにフロアに残されていたら……わたしはかすかな望みを持ったりしませんでした。もしかしたらなんて、希望を持ったりしなかった』

ふう、と電話の向こうで秋葉が深い溜息をつく。

『……あの軽トラの中で、あなたは何度も言った。おまえと麗美はちがう、自分にとっては別なんだと。……わたしも往生際が悪かった。麗美としてもきっちりあなたに振られるまで、諦め切れない、そう思ってしまいました。……ああいう場ではね、小川さん、おまえじゃないって言うより、おまえなんか気持ち悪い、麗美も秋葉も消えてしまえって、そう言えばよかったんですよ』

そうだ。自分にはそこまでのことは言えなかった。そして秋葉は麗美の姿で俊樹の家を訪ねてきた。

『まさかそこで、あんな大きな隠し球があるとは思いませんでしたけど』

秋葉の声に苦笑の気配が交ざる。

『でもね……』

苦笑の波が、もっと細かな震えに変わる。泣きかけているのか……。

『無理強いしなくてよかった、公大君からおとうさんを奪うようなマネをしなくてよかった、心からそう思っていました。もうあなたのことは関係ない、諦めよう、そう決めたんです。恋は成就できなかったけれど、あなたには大事なことを教えてもらった。自分がまだつまらない過去に囚われていることに、あなたは気づかせてくれた』

「つまらない過去って……?」

俊樹の問いに、秋葉は『あなたには関係ない』と力なく呟く。

『どうしてあなたは……そんなふうにわたしを振り回すんですか。わたしの過去なんて……あなたにはどうでもいいことでしょう? あなたは変わろうとしているわたしに冷たかったじゃないですか。最近、いつもあなたは……わたしにイラついて、怒っていた』

電話を切ってしまいたかった。

自分の身勝手さを詰《なじ》る言葉をこれ以上、聞いていたくない。

俊樹はぎゅっと目を閉じた。ここで電話を切ったら二度と秋葉に顔向けできない。

『なのにどうしてこんな電話をかけてくるんですか。おまえなんか嫌いだ、気持ち悪い、もうそれでいいじゃないですか』

「秋葉……」

電話の向こうで深呼吸する音が聞こえた。次に聞こえてきた声は、決然としていた。

『もうわたしに優しくしないでください。こんなふうに電話をかけてきたりしないでください。明日はちゃんと出社します』

その言葉を最後に、通話は向こうから切られた。

携帯を手に、俊樹はしばらくその場から動くことができなかった。何度も何度も秋葉を傷つけた。その事実を突きつけられて、動けなかった。

秋葉を傷つけた。——麗美を、傷つけた。

本当はもうとっくに別の人間だとは思えなくなっていた。俊樹は震える息をついた。後悔と申し訳なさに胸が詰まる。もっと早く気づくべきだった。——麗美と秋葉を同じ人間として受け入れ、分かちようもなく秋葉をも愛し始めていた自分の心に。

もっと早くに気づいていれば……自分の心を認めていれば……。

俊樹はぐっと顔を上げた。

『もうわたしに優しくしないでください』

やるせなさを押し込めたような声が耳に甦《よみがえ》る。能面のような無表情でその言葉を口にしている秋葉の姿が浮かぶ。

——もう、あんな顔をさせてはいけない。

痛切にそう思った。せっかく秋葉が本来の表情を取り戻していたのに……またそれを取り上げてはいけない。自分が自分の感情に気づいていなかったために、秋葉を苦しめてはいけない。

会いに行こう。俊樹は奥歯を嚙み締めた。


秋葉のアパートの場所は覚えていた。地下鉄とタクシーを使い、薄暗くなりかけた夜七時頃、俊樹はいつかの朝、怒りと混乱で飛び出した秋葉の部屋の前にいた。

モニターもスピーカーもついていないボタンだけのベルを押す。部屋の中で人が動く気配がし、ドア一枚向こうで「はい？」と応えがあった。

「小川だけど」

無言になったドアの向こうに懸命に話しかける。

「君とどうしても話がしたいんだ。開けてもらえないか」

「……帰ってください」

「今までのことを謝りたいんだ。それに……君の顔が見たい」

「……なにを言ってるんですか」

「頼む！　また……また、男の姿では笑えなくなってるんじゃないか？　ちゃんと、ちゃんと笑ったり泣いたりできてるか？」

「……そんなこと……」

「頼む！　ここを開けてくれ！　顔が見たいんだ！」

必死に訴えかける。だめなのかと思いかけた頃、俊樹の前でゆっくりとドアが開いた。

「……どうぞ」

ポロシャツとジーンズという休日の男性らしい服装の秋葉が暗い顔で立っている。俊樹は必死にその表情を探った。

「……やっぱり……また笑えなくなってるんじゃ……」

秋葉が深い溜息をついた。

「……家で一人で笑っていたら、それはそれで不気味でしょう」

「あ、あはは。それもそうか……」

秋葉はもうひとつ、深く溜息をつく。

「……どうぞ。玄関で立ち話もなんですから」

部屋に上がることを許してもらえてほっとした。

ミニテーブルを挟んで向かい合い、俊樹は改めて秋葉に頭を下げた。

「ごめん。突然押しかけて。……どうしても君に一度きちんと謝りたいんだ」

「………」

「今まで、本当にごめん！　君の気持ちを考えずにぼくは勝手ばかりした。君を傷つけ続けて、本当にごめん！」

「……いいですよ、もう。……昼間、言いたいことは全部言いましたから」

俊樹が顔を上げると、秋葉はやるせなさそうな苦笑いを見せた。――ちゃんと感情が出せているのかと、そんな笑いでも嬉しかった。

「確かに、ニューハーフバーで気に入ったホステスが職場の後輩だったなんて、ひどい話ですしね」

「……関係を持った相手が実は子持ちだったたっていうのも、かなりひどい話だと思うよ」

秋葉の苦笑が深くなった。

「本当にね……あれはまいったな……。子どもの父親に……手なんか出せるわけがない」

俯いてしまった秋葉が聞き取れぬような小声で続けた。

「公大君の笑顔を奪うわけには、いかないじゃないですか……」

そのセリフに、俊樹の胸は落ち着きなくざわめいた。秋葉はもう身を引くと決めてしまっているのか。

「その……子持ちはダメって……わからなくはないけれど……でも、どうして？」

俯いた秋葉が目だけを上げた。

あれだけ振り続けておいて今さら勝手なことは言えなかったが、秋葉が何に引っかかっているのか、それは知りたかった。

「教えてくれないか？　どうしてダメなのか。電話で言ってた君の過去と…関係あるのか？」

「……楽しい話にはなりませんよ？」

「聞かせてほしい」

即答した。秋葉の話が聞きたかった。秋葉のことが少しでも知りたかった。

秋葉は小さく吐息をついてから話し出した。

「……ちょうど、公大君の年です。わたしの母は父の借金癖に愛想を尽かして、幼いわたしを連れて家を出ました。当然、養育費なんてなくて……生活はいつもギリギリでした。……母はいつも言ってました。男だったら泣くな、男だったらおなかがすいても平気な顔でいろって。母の言うことを聞かなかったら……わたしも父みたいに捨てられるんだと思いました。学校から帰ったら、母が消えてるんじゃないかと思うと……怖かった。だからいつも……母の前では明るい顔をするようにしてました」

でも、と秋葉は続けた。

「その頃はまだよかった。母の機嫌を損ねないように、ただにこにこしていれば、なにも問題はなかった。けど、そのうち……家に……母の男が入り浸るようになって……」

不愉快な思い出なのだろう、秋葉の顔が歪む。

「生意気だって、殴られました。何度も何度も。……そんな時も、母は、男だったら泣くなばかりで……」

懺悔《ざんげ》しますが、と冗談めかして秋葉は前置きした。

「わたしの女装癖は筋金入りなんです。母も男もいない時に、わたしは口紅を塗って母のスカーフを巻きました。鏡に向かって『あなたは女の子だから泣いていいのよ』って……。嘘みたいに涙がぼろぼろ出てきて、すごく気持ちよかったんです」

少女の麗美が、少年の秋葉が、鏡に向かって泣く。幻の中から、痛いよ、悲しいよ……声が聞こえてくるようで、俊樹は息苦しさを覚えた。

「中学で空手部に入りました。殴られるばかりなんて我慢できなかった。中二の時です、男がいつものように酒に酔って殴りかかってきたので、ローキックを浴びせて正拳を突きました。一発で男は倒れて……母はそんな男に取りすがって大騒ぎしてました。その時、わたしは一生女は愛せないなってぼんやり思ったんですが……ホントになっちゃいましたね」

秋葉の笑いは一瞬で消える。

「中学と高校は静岡にいたんです。大学で愛知に来て……もう母にもあの男にも、わずらわされない、関係ない、そんなふうに思ってたんですが……」

寂しげな苦笑が口元に浮かんだ。

「あなたに麗美とちがって秋葉の時には表情がないと言われて……ドキリとしました。いまだにわたしは母の呪縛に囚われていたのかと」

俊樹は口を開くことができなかった。

なにを言えばいいのか、わからない。つらかったね、悲しかったね、そんな通り一遍の言葉で慰められるとは思えなかった。

「……小川さんには本当に感謝してます。麗美の知り合いも、秋葉の知り合いも、当たり前ですけど、片方ずつしか知りませんから。……お店のママに、男姿の時はクールだって言われてましたけど、ママもそれはわたしのポーズだと思ってたみたいで……。麗美と秋葉、両方を知っている小川さんの言葉だから、わたしもわたしが囚われているものに気がつくことができたんです。……ありがとうございます」

「そんな……ぼくは……」

勝手を言っただけだった。

女装姿で自分の感情を発露させていた秋葉は、反面、男性の姿の時には無意識に自分の感情を抑え込んでいた。そのことに俊樹の言葉で気がつけたという。しかし、その呪縛から自

由になろうとしていた秋葉に、俊樹は苛立ちをぶつけただけだった。

礼を言われるようなことではなかった。

秋葉は疲れたような、しかし、さばさばしてもいる表情で、

「初めて人に話しました」

と笑った。

「だから、わたしは子どもの親はダメなんです。自分自身があの男と同じことをするのかと思ったら……ぞっとする」

公大の存在を知り、すっと身を引いた秋葉の心が、俊樹の胸に痛い。

「……今夜はわざわざ謝りに来てくださって、ありがとう。……あなたに、全部話せてよかった」

「秋葉。ぼくは……」

ぼくは君が好きなんだ。

シンプルな言葉が喉の奥でつっかえる。

同性で職場の後輩である秋葉。公大がいる自分。今のまま、ただ、職場の先輩後輩という関係でいるほうが無難なことは間違いなかった。でも……。

自分の気持ちを告げるべきかどうか、俊樹が逡巡《しゅんじゅん》している間に、秋葉は顔を上げた。

「公大君を、大事にしてあげてください」

俊樹は口を開いて閉じるという動作を二、三回繰り返したあと、

「——そうするよ」

小さな声で返したのだった。

5

丸徳商事の池田から電話があったのは、お盆休みが明けてすぐのことだった。

「お待たせしました！　小川です」

『どうもー池田ですー』

能天気と言っては失礼だが、いつも変わらぬのんびりと明るい声が流れ出す。

『小川さん、週末の台湾からの研修生のことなんですけど』

受話器を肩と耳の間に挟み、俊樹はスケジュール帳を開いた。

「ええ…八月二十二日金曜、台湾から十五人ですね。うちの研修センターに一週間の予定の」

『それですわ。セントレアに二十二日の十時に着く予定なんですけど、ぼくも空港まで出迎えに参上しよかなと思てるんですわ』

「え、池田さん、大阪からお見えになるんですか？」

『はあ、現地のお得意さんもいらっしゃるんで、ちょっと挨拶しときたいなと思いまして』

「じゃあ、ぼくも空港まで出迎える予定でいますから、現地で合流しましょうか」

『よろしゅうお願いします。午後から課長さんたちにもご挨拶したいんですけど』

「わかりました」

スケジュール張に追加事項として書き込んでいると、

『実はですね』

と池田が切り出してきた。

『その日自腹で名古屋に宿取ろうと思てますねん。アナザーヘヴンのミカちゃんから連絡もろたんですけど、ちょうど麗美ちゃんの引退パーティがあるんですて。知ってはります？』

「え……」

絶句した。

『けっこう人気あったのに、麗美ちゃん、もうお店辞めてしもてるんですてね。もったいないわー。一度きちんとお客さんにもご挨拶をということになったらしいですわ』

「そ、そうなんですか。……よくご存知ですね」

「実は先月も一度、名古屋に遊びに行きましてん。高校の時の友人が名古屋で店出すて案内が来て。これはもう完全にプライベートやったんで、小川さんにも声かけずに行ったんですけど、その時にアナザーヘヴンにも寄って、ミカちゃんに名刺渡してあったんですわ」

「そうだったんですか……」

ホステスに名刺を渡すという着想すら俊樹にはなかった。

『どうですか？　小川さんも行かはりませんか？』

美しく着飾った麗美が大勢の男たちに囲まれる……想像するだけで頭が煮えた。

「行きます！　絶対！」

俊樹は叫んでいた。


秋葉に尋ねたかった。引退パーティをやるのかと。

直接聞きたかったのに聞けなかったのは、秋葉に取りつく島がなかったからだ。

もちろん、秋葉は表面的には変わらない。だが、あの夜以来、秋葉からはよりはっきりと『あなたとは一線引く』という強固な意志が見えるようになった。

そんな秋葉に話しかけるタイミングを作るのはむずかしかった。

仕事のことなら誰の前でも強引に声をかけてしまえるが、ニューハーフバーで最後に引退パーティをやるのかとは、職場ではなかなか聞けない。携帯にかけても、今はもう出てもらえる自信がなかった。

秋葉本人に確かめるチャンスのないまま、ついに八月二十二日、当日の朝を迎えてしまった。

その日は出社の前に中部国際空港・セントレアに出向き、台湾からの研修生十五人を池田とともに出迎えることになっていた。その後、公共交通機関を使って本社に隣接する研修センターまで案内し、昼食をセンターの食堂で一緒にとりながら歓談する予定だった。

トラブルなく予定通りにスケジュールを消化し、池田とともに本社に戻ったのが一時半、それから部長、課長と池田が面談する席に着き、現地のクレーム処理や部品の在庫管理態勢などについて話し合った。

「では、今後ともよろしくお願い申し上げます」

「こちらこそよろしくお願いいたします」

最後に互いに腰を折り、礼を交わす。

部長と岩月課長が退席すると、池田はふーっと肩の力を抜いた。

「お疲れ様でした」

俊樹は笑顔でねぎらう。

「いえいえ。小川さんこそお疲れ様です。今日はお世話になりました」

「ホテルは栄でしたね」

「ええ。一足先に栄で小川さんをお待ちしてますわ。……と」

池田がパンと手を打った。

「あのえらい声のいい新人さん。北米担当に移られた」

「あ、ああ。秋葉ですか？」

「そうですそうです。数ヵ月とはいえ、お世話になったんで、一度ちょっとこの機会にご挨拶しておきたいんですけど」

「え」

課が移ったのでいいだろうと油断していた。

池田は麗美と会っている。今日も会うだろう。俊樹は気づけなかったが、ニューハーフと遊び慣れている池田なら、俊樹が気がつかなかったところに気がついて、秋葉が麗美だと見破ってしまうのではないかという心配があった。

「……それは……」

「せっかくですんで。秋葉さんのご都合にもよりますけど」

商社としてはメーカーとのパイプは少しでも太いに越したことはない。たとえ入社数ヵ月の新人であっても、前途有望な人材には顔を繋《つな》いでおきたいのだろう。

池田の思惑もわかるだけに無下に断ることもできない。

「……えっと……では、少々お待ちいただけますか。秋葉に声をかけてきます……」

「頼んます」

池田を応接室に残し、俊樹はフロアに戻った。

席に秋葉の姿がない。ひとまずほっとした。机に置かれた行き先表示のタグを見ると『早退』になっている。

「……セーフ」

小声で呟く。

「秋葉に用事か？」

秋葉の隣に座る斉藤に声をかけられた。

「商社の方が来社のついでに挨拶したいとおっしゃって。突然の話でアポは取ってなかったので、どうかなーと思ったんですが」

「そうか。なら仕方ないな。なんでも学生時代に世話になった人たちが集まるとかで、その準備があるって言ってたぞ」

ものは言いようだなと感心する。

「そうですか。商社の方にはうまいこと伝えます。ありがとうございます」

とにかくこれで、池田と秋葉、さらには麗美が同じ日に会うという最悪のシチュエーションは避けられた。

顔だけ申し訳なさそうにつくろって応接室に戻る。体調不良で早退したと伝えた。

「そうですか。そしたら残念ですけど、とりあえずぼくはこれで」

「申し訳ありませんでした」

丁寧に頭を下げる。

「いえいえ。今日はお世話になりました」

きっちりビジネスの挨拶を交わしてから、池田はいたずらっ子の笑みを浮かべた。

「ほなら、小川さん、またあとで。楽しみでんなー」

——楽しみなんだろうか。

ようやく自分の席に落ち着きながら、俊樹は溜息をついた。

麗美の引退パーティ。

なんとしても行かなくてはと思う。麗美が大勢の客に取り巻かれ笑顔を振り撒《ま》くその時間を別の場所でひとり悶々《もんもん》と過ごすなんて、耐えられそうになかった。麗美が……秋葉が早退してまで今日のパーティに備えようとしているならなおさらだった。

しかし、秋葉はどう思うだろう?

引退パーティのことを俊樹が知っているとは、秋葉は思ってもいないはずだった。

店に現れる自分を秋葉が歓迎してくれるとは想像しにくい。嫌がられるだろう。もうあなたのことは諦めると、再三、告げられている。

それでも『行かない』という選択肢は俊樹の中にはない。

定時の六時になるが早いか鞄を摑んでフロアを飛び出した。パーティは八時からだったが、店は六時に開く。ホテルまで池田を迎えに行き、店へと向かう段取りになっていたが、一刻も早く店に入りたかった。

小腹がすいたという池田につきあって、ラーメン屋に寄る間も気が気ではなかった。

「小川さんも残念でしょう。麗美ちゃん、引退って」

「え、ええ、まあ」

「ああいうキレーな子は辞めたらあかんて。なんでやろ。ほかの店に移るんやったら、ママが引退パーティなんて開いてくれはらへんやろし」

「……なんでですかね」

ラーメンをすするフリで会話を途切れさせるのに、池田はとんでもないことを言い出す。

「もったいないわー、ほんま。今夜はがっつり口説いてみよかな」

これには箸が止まった。

「く、口説くって……」

「ややわー小川さん。思い出作りですやん」

「で、でも……！　そうだ！　麗美ちゃんは男のままの軀だって言ってたじゃないですか。池田さん、別にゲイじゃないでしょう？」

うーんと池田は真剣な顔で首をひねる。

「あんだけ綺麗な子やったら、軀が男でもイけるんちゃうかなあ」

挿《い》れられるほうでも？　直截《ちょくせつ》な言葉が喉まで出かかり、慌てて別の言葉を探す。

「で、でも……なんていうか、その……いじってないってことは、本性は男ってことじゃないのかなっとか……」

池田がおもむろに箸を置いた。

狭いテーブルにぐいっと乗り出してくる。

「内緒ですよ、小川さん」

「は、はい」

「俺、それでもええ、思いますねん」

「………」

「たとえば、ですけど。麗美ちゃんに伸《の》しかかられて、あの顔でにっこりヤラせてて頼まれたら、断る自信はありませんわ」

「………」

「引きました?」

「いえ、そういうわけでは……」

ただショックだった。麗美に対して自分と同じように反応する男がいることが。

「小川さん」

「はい」

「負けませんで」

思いも寄らぬ宣戦布告だった。

だが、考えてみれば当たり前の話でもあった。麗美は人気ホステスだった。それは『彼女』に会いたくて店に来る男が多かったということだ。

こんなところで気を呑まれていては、今夜わざわざ出かけてきた意味がない。

「……ぼくも負けません」

俊樹はきっぱりと言い返した。

麗美をお持ち帰りなど絶対にさせられない。

覚悟を決め、店に入ったのは七時を三十分ほど回った頃だった。

「いらっしゃいませ～」

入り口で若いホステスとママが頭を下げる。

今夜はパーティなので定額制になっていた。参加費として一万円を払い、中へと進む。

まだ時間前だというのに、ボックス席はあらかた埋まっているように見えた。そのボックス席の手前で客に挨拶をしているのが麗美だった。

今日は華やかな場に合わせてか、高く結い上げた髪に小花をあしらったパーティ仕様のヘアメイクに、胸元の大きく開いたサテンのドレスという姿だった。金糸銀糸で織られたサテンがすらりとした長身を引き立てる。肩と喉を隠すためだろう、首にはキューブダイヤの幅広のネックレスを飾り、肩口はたっぷりのドレープのケープスリーブで覆っている。それがかえって、剝き出しになった鎖骨と首のラインのなまめかしさを強調していた。

麗美が振り返ろうとした拍子に、脚の付け根近くまで入ったスリットから真っ白い太股がのぞき、俊樹の鼓動はひときわ大きく打った。

「いらっしゃいま、せ」

振り向いた麗美の声が、一度不自然に途切れた。

「こんばんはー麗美ちゃん、俺のこと、覚えてはるー?」

池田がすかさず両手を広げて麗美に歩み寄る。

「まああ! 池田さんじゃないですか! 今日は大阪の池田からわざわざいらしてくださったんですか?」

「うーわー! 嬉しいなあ。ちゃんと覚えてくれてるやん!」

当たり前だ、何回電話で話したと思ってるんだと俊樹は心の中でツッコむ。

「ええと……」

こちらに向いた麗美の目が挑戦的に煌いた。

「すみません。以前、ご贔屓《ひいき》いただいた気がするんですけど……」

「お……」

名乗りかけて、負けん気が頭をもたげる。

「小原《おばら》です」

「……そうでしたね、小原さん。いらっしゃいませ。今夜は楽しんでいらしてくださいね」

そつのない笑顔に、やっぱり負けた気がした。

「どうしはったんですか」

そっと聞いてきた池田には、「……気分です」と囁き返す。

常連客にだけ声をかけてのパーティで、店の雰囲気はいつもよりぐっとくだけている。その中で麗美はあちらこちらのテーブルに呼ばれて、笑顔を振り撒いていた。

「どうもー。今夜は麗美のためにありがとうございますー」

ひときわ低く貫禄のある声がして、今日は特に豪華な着物に身を包んだママが池田と俊樹たちのテーブル前で膝を折った。

「残念ですねー麗美ちゃん、辞めちゃうって」

池田がさっと話を繋ぐ。

「ええ。いい子だったんでわたしも寂しくて」

言いながらママは池田の隣へと大きな軀をねじ込んでくる。

「麗美さんはもうこちらのお店では長かったんですか?」

俊樹は気になっていたことを聞いてみた。

「そうねえ。かれこれ四年かしら。最初来た頃は、もう、オネエ真っ青の綺麗な男の子だったのよぉ。すぐに常連になってくれるお客さんもついて。でも、あの子がエライのは、それで天狗《てんぐ》にならないことね。裏の仕事もちゃーんと手を抜かずにやってくれるし、力仕事も引き受けてくれるし、ホントにいい子よぉ」

　ああやっぱり秋葉は秋葉なんだなと嬉しくなってしまう。

「そんなええ子やったら、手術とか勧めはらへんかったんですか」

　ママは眉間に皺を寄せると指輪で重そうな手を振って見せた。

「だめだめ。麗美ちゃんは根が男だもの。あの子は綺麗ねーって褒められるのは大好きなんだけど、口説かれるのは好きじゃないのね。根っからのタチなのよ。だからお客さんとの色恋沙汰も全然ないの」

「はあ。そないですか……」

　池田が気落ちしたような声を出す。

「寂しいけど、仕方ないわね。あの子なら昼の仕事もしっかりやってってくれるんじゃないかしら。……あとでお楽しみゲームもあるの。今夜は楽しんでね」

　ママが次のテーブルに移ると、今度は入れ替わりにミカが来た。

「池田さーん」

　と甘えた声を出すミカに池田の相好が崩れるのを横目で見つつ、俊樹はテーブルの間を蝶のようにひらひらと移動する麗美の姿を追っていた。

ゲームは、客が椅子の役になり、ホステスたちがその膝を取り合うという椅子取りゲームから始まった。

座ったホステスには好きにお触りOKとルール説明があると、わあっと店が盛り上がった。ホステスのほうが人数が少ないために俊樹は最初から観客に回ったが、池田をはじめとして男たちは嬉しそうに椅子役を務めていた。まだ曲が止まる前から気に入りのホステスの腰に腕を回して引き寄せ、胸を揉んでは嬌声をあげさせている。

そんな中、今日の主役である麗美は優雅に客のいたずらな手をかわしつつ、笑顔で何人かの客の膝に形よいお尻を軽く乗せていた。

——それだけでも、俊樹の胸にはまるで針が刺さったような痛みが走る。麗美の重さなら自分がすべて受け止めたい。

そんな俊樹の想いに関係なく、ゲームは進んだ。

次のゲームでは、客とホステスが二人一組になり、一本のチョコでコーティングされた細いスティック菓子を両側から食べていき、残ったスティックの短さを競うことになった。

二組ずつステージに上がり、恋人同士のふざけ合いのように一本のスティックを食べていく。唇が触れ合うはるか前にお客が恥ずかしがって逃げてしまう組もあれば、唇を触れ合わせてにやけている組もある。酒の入った観客たちは冷やかしたり煽《あお》ったりと、店中が盛り上がっているようだった。

このゲームで、池田は一番に立候補して麗美と組むことになり、『じゃあわたしは小原さん！』とミカが俊樹の腕に腕を絡めてきた。

最初から波乱含みの二組がステージに上がると、『麗美ちゃんの唇に触るなー』という野次と『いけーいけーチュウ見せてー』という野次が交錯する。

なんでこんなことにと思っても遅かった。

池田がやる気満々で細いスティック菓子を咥え、麗美がもう片方を薔薇《ばら》色の唇に挟む。少し顎を上げた麗美の横顔は本当にキスを待つ人のようで色っぽく、俊樹は気が気ではなかった。

自分のほうのチョコを少しずつ齧《かじ》りながら目の端で池田と麗美を見る。俊樹の焦りと痛みには関係なく、どんどん二つの唇の間にあるチョコが短くなっていく。最後、池田がくっと首を突き出すと、チュ、唇が触れ合った。

あ、と思った瞬間だった。

ミカの腕がガッと後頭部に回されてきた。

ミカも池田と麗美のキスを見ていたにちがいなかった。負けるかとばかりに、ミカの唇が押しつけられてくる。こちらもかなり短くなっていたスティックは俊樹の口中に躍り込んだミカの舌に奪われた。

「んー、ん、んーっ！」

いくら化粧して女っぽく振る舞っていても元は男だ。ディープキスに驚き、抗議の声をあげようとしても、がっしりとホールドされて身動きもできぬまま、俊樹はいいように口中を舐め回されるしかなかった。

ひゅーひゅーと口笛が吹かれ囃《はや》し立てる声がうるさいほどになった頃、ようやくミカの腕がゆるんだ。

「ごっそーさまあ！　美味よお！」

ミカがわざとらしく下品な仕草で口元を拭い、わあっと店中が沸き返る。

照れ隠しの笑いさえ引きつりそうで、よろめく俊樹の腕をママががっと摑み上げる。

「ウィナー!!」

ダメ押しに、優勝者に贈られるというキスを両側からママとミカにもらい、俊樹はふらふらになりながら席に戻った。

「やるやないですか、小川さん」

池田がにやにやしながら戻ってくる。

「……ぼくじゃないです……ぼくは被害者です……」

「そんなん言うて。まんざらでもなさそうでしたよ」

いや、だいたいそれはあんたが麗美にあんなことをするから、ミカがあんたに当てつけようとしたんでしょう、てか、やめてください、あいつにあんなことをするのは。

そう一気に言ってやりたいところだったが、顔は炙《あぶ》られたように熱く、俊樹にはただ呼吸を整えようと深呼吸を繰り返すしかできなかった。

「ええ顔色になってはりますすよ。ぽーって」

明らかにおもしろがっている池田にそう指摘される。

「もう、堪忍してくださいって」

ぱんぱんと頬を叩いても火照りは収まりそうもなかった。

「ちょっと顔洗ってきます」

そう言い置いて、にやにや笑いの池田を残しトイレへと向かう。衆人環視の中でディープキスを披露してしまったショックを、唇と口中に残る感触ごと、水に流してしまいたかったからだ。

洗面台で口をゆすぎ、顔を洗っていると、後ろで突然ドアが開いた。次の客が来たのかと慌てて水を止めた時、話しかけられた。

「ご気分でもお悪いんですか、オバラさん」

地を這うような低い声。

ごくりと唾《つば》を飲み顔を上げると、鏡の中、強張った自分の顔に半分隠れて、半分隠れていても充分に怒気が溢れているのがわかる麗美の顔があった。

ふーっとわざとらしく息をつき、麗美は振り返ると俊樹に有無を言わせず鍵《かぎ》をかけた。

「今晩はずいぶんとお楽しみのようで」

狭いスペースに逃げ場はなかった。

便器と向き合う覚悟でトイレの中に逃げ込むという選択肢もあるにはあったが、半歩行ったところで腕を摑まれてしまうだけだろう。

俊樹は観念して振り向いた。

「や、やあ……今夜は特別きれ……」

言い終わることもできなかった。

ぐいっと腕を引かれたかと思うと、洗面台の横の壁に押さえつけられている。

「なにしに来たんですか」

怖いぐらい綺麗な顔が、怖いぐらいの怒りをはらんで間近にあった。

「わたしに、ほかの人とのキスを見せつけに来たんですか」

「ちが……」

なんとか距離を開けようと動かしかけた腕は、そのまま万歳の格好に壁に縫い止められる。

「ミカの唇は気持ちよかったですか」

「あ、秋葉……」

「舌に嚙みついてやればよかったんだ」

「あ……！」

膝で両脚の間を割られ、思わず声が漏れた。そのまま太股でぐいぐいと股間を圧迫される。

「や、やめろ、秋葉……」

「どういうつもりなんですか。わたしにほかの人とのキスを見せつけて、嬉しいんですか」

「あッ」

ちがうと言いたいのに、股間を脚で擦られて声が上擦った。

「……このままここで、あなたを犯して差し上げましょうか……」

仄暗《ほのぐら》い声が囁く。

危ない情熱が欲望をまとい、黒い双眸で燃え上がる。

──その熱で焼かれてしまってもいいと思える自分が、怖かった。

「……秋葉……」

「……あなたを諦め切れないわたしが、悪いんです。だけど……」

しっとりと重ねられた唇に胸が震える。キスが嬉しい。

手を放してもらえたら、両手で背中を抱き締められるのに……。俊樹はせめてもの想いで甘い唇を吸い返した。

「……え」

至近距離で驚いたような瞳で見つめられる。

今なら言える。今なら。

好きだ、そう言おうと口を開きかけた、その時。

「ちょおおっとお！　麗美ちゃん、オシッコ長いわよおお!!」

野太い声とともに、ドアがダンダンと叩かれた。

腹立たしげな舌打ちの音が麗美の唇から漏れた。

「……もう帰ってください」

それだけ言い置いて、麗美は踵を返す。

俊樹は強く拳を握った。

帰れるわけがなかった。


最後のゲームは「本番以外はなんでもありの王様ゲーム」だった。

用意されたクジは最初から紅白に分けられ、白には客の番号が書かれ、赤にはホステスたちの源氏名が書かれている。つまり『王様』はクジによって引き当てたホステスに、思い通りのサービスをさせることもできるのだ。

パーティ開始から数時間、店内はほどよくアルコールの回った上機嫌な客たちとノリのよいホステスたちによって盛り上がっている。ボックス席のあちらこちらから艶《なまめ》かしい声と笑い声が絶え間なくあがる中で、そのゲームは開始された。

「ルッリちゃあん！　おっぱいポローン！　おっぱい～」

「ローズちゃん！　えっとぉ、三番のお客さんの股間に、お顔ぐりぐりーってしてー！」

リクエストはすぐにえげつないものばかりとなった。

俊樹は背中にも脇の下に嫌な汗が流れるのを感じながら、ゲームの成り行きを見守っていた。いつ『麗美』のクジが引かれてしまうかと、ひやひやした。麗美の軀が男のままであることは皆が知っているようだったが、それでもどんなリクエストが来るかわかったものではなかった。

ついに『麗美』のクジが引かれた。

一回目はおとなしい客だったようで、『一分間、膝枕』だけで済んだ。

災難は二回目に『麗美』の名が引かれた時にやってきた。

「麗美ちゃーん！　えーっと……じゃあ、一番から十番の客まで連続キッス！」

きゃあっという嬌声とうおおっという歓声が湧き起こる。

『秋葉……！』

慌てて麗美を見れば、ステージ上の麗美は悠然と微笑んでいる。その手がすっくりと上へと伸ばされた。

「リクエストいただきましたー！　えー今夜は皆さん、わたしの引退パーティにお忙しい中、お集まりいただいて本当にありがとうございました。このお店での四年間は、本当に楽しいものでした。これもご贔屓くださった皆様のおかげです。感謝の気持ちを込めて、今ご指定いただいた十人のお客様に、心から、本気のキスを贈らせていただきまーす！」

俊樹は固まった。

心から。本気の。

俊樹がミカに奪われたたった一回のキスで、ついさっきあれだけ怒ったくせに。

自分は？　十人も相手に？　心から？　本気で？

テーブルがカタカタと鳴り、俊樹は握り締めた自分の拳が細かく震え出していることに気づいた。

「うわー俺、三番や！」

「え」

池田が嬉しそうにボックス席を飛び出していく。

「じゃあまず、一番さーん！」

進行役であるバーテンダーの声に四十代ぐらいのサラリーマン風の男が嬉しげに進み出た。

麗美は妖艶《ようえん》な笑みを浮かべ、しなやかな動きで客へと近づく。それは獲物を狩る猫科の動物を思わせる動きだった。

つ、とその腕が伸びる。

男のネクタイを引っ張りながら、麗美は客の唇を奪った。

「……やめろ……」

知らず、俊樹は呟いていた。

麗美にキスされていいのは自分だけだ。その微笑を与えられ、その腕に抱き締められるのは、自分だけだ……。

「あー！　一番さん、膝から力が抜けてますー！」

たっぷりと濃厚なキスから解放されたとたんに足元をよろめかせた客の様子を、司会がおもしろおかしく実況する。

てらりと唇を光らせながら麗美が二番目の男へと歩み寄る。カウンター前のスツールにかけていた男はスケベ笑いに相好を崩しながら麗美を待っていたが、麗美は気にするふうもなく、その男の肩に手を伸ばした。

首に手をかけ、引き寄せてのキス。

リクエストでキスを強制されていても、能動的なのは麗美のほうだった。次々と獲物を貪る獣のように、麗美は嬉々《きき》として客の唇を奪っていく。

——ぼくがここにいるのに！

不意に俊樹は気づいた。

だからか？　ぼくがいるから？

「……やめろよ……」

心の声がこぼれる。

「やめろ……」

「次、三番さーん」

「はーい！　ここですぅ！」

池田が手を振りながら、麗美へと近づく。

「池田さんはどんなキスが好き?」

麗美が聞いている。

「えー、めちゃディープなのがええなあ」

くすりと麗美が笑った。

「池田さん、可愛い」

「麗美さんも可愛いで」

麗美の白い手が池田の頬を挟み、池田の手が麗美の腰に回る。

「やめろ、やめろやめろ、やめろー!!」

店中が驚いて目を見張るのもかまわず、俊樹はボックス席から飛び出していた。

これ以上我慢していたら気が狂う。同性でもいい、職場の先輩でも後輩でもいい、麗美の、秋葉のすべてを自分だけのものにしたい。

麗美を池田から引き剝《は》がした。

「なんでこんなことすんだよっ！」

麗美の両腕を摑んで叫ぶ。身長差のせいで見上げる形で叫ばねばならないのが、こんな時でも少し口惜しい。

「ぼくのことが好きだって言ったろ！　あれは嘘かっ！」

「………」

瞠目《どうもく》したままの麗美は……秋葉は、あまりのことに言葉もないのか、声もない。

もう答えを待っていることもできなかった。

「嘘でもなんでもいいよ！　君が好きだ！　ぼくは、君が、好きだっ！　子持ちにだって恋する権利があったっていいじゃないか！」

だからほかの男にキスなんかするな、そう続けるつもりだったが。

「ホントに……？」

「小川さん、ホントに……？」

震える声で尋ね返された。

「ホントだよっ！　麗美の君も、秋葉の君も……！」

大好きだ、俊樹はそう続けるつもりだった。秋葉に両腕で抱き締められ、思い切り唇を押しつけられていなければ。

周りがしーんとしているのに気づいた時の気まずさを、おそらく自分は一生忘れないだろうと思う。店は静まりかえっていた。

ゲームはもちろん、パーティさえめちゃめちゃにしてしまったのではないか。気づいた瞬間に感じた恐怖も忘れない。目をまん丸に見開いた池田の顔も、忘れないだろう。

秋葉とのキスは……体感的にはものの数秒だったが、周囲の反応を見るとたっぷり一分はたってしまっていたようだった。

「け」

静寂を破ったのは、鶏《とり》の鳴き声にも似た声だった。

「結婚式よおおおっ！」

ママの雄叫《おたけ》びのような宣言だった。

「愛の告白よおおっ！　結婚式よおおっ！」

野太い声を合図に、まずホステスたちの凍結が溶けた。

「いやあん、麗美ちゃん、おめでとおおっ！」

「寿退社ねっ！」

「ほら、誰か、ブーケ、ブーケ！　ブーケ作って！」

「ああん！　かんどー!!」

シラけたままで客は帰さないというプロの意地か、はたまた、こんなおもしろいネタはいじり倒すしかないというニューハーフのノリなのか。

あっという間もなかった。秋葉の頭にはベール代わりにレースのショールがかけられ、手には花瓶から抜かれた花で作られたブーケを持たされ、俊樹の胸のネクタイは黒の蝶ネクタイにつけ替えられ、たちまち秋葉は花嫁に、俊樹は花婿に仕立て上げられていた。

「えー病める時も、健やかなる時もぉ」

神父役のママを前に、ステージの中央で秋葉と並んで立たされながら、俊樹は呆然《ぼうぜん》としていた。呆然としていてよかったのかもしれない。大勢の客とホステス、取引先の商社の人間である池田の前で。ニューハーフバーで結婚式という状況がはっきりと飲み込めていたら、恥ずかしさといたたまれなさで俊樹はパニックになっていたにちがいなかった。

「すみません、我慢してください」

秋葉がひそっと耳元で囁く。さすがに秋葉もプロだった。ママやほかのホステスたちに合わせて、顔にはしっかりと笑みを浮かべている。

「ほかの男とエッチしたい時もぉ、ほかの女とエッチしたい時もぉ」

いやぁん、とホステスたちが腰をくねらせる。

「あなたはこの者だけをパートナーとし、終世愛することを誓いますか？」

俊樹は思わず傍らの秋葉を見上げていた。

紅に光る形のよい唇、高い鼻梁《びりょう》、華やかなアイメイクの下で輝く、冴えた双眸。

俊樹を一目で虜《とりこ》にした美貌が優しく微笑む。

「いいんですよ、無理しなくて」

素早い囁き。

それを聞いた瞬間に、心が決まった。

「い、一生愛せると思います！　誓います！」

秋葉の顔があでやかにほころぶ。内側から光が差すようにその顔がぱあっと明るく、さらに美しくなった。

そうだ、この顔だと思う。

心の底からの喜びに輝く笑顔。この笑顔が好きだ。自分だけのものにしたい。

「……一生、愛します」

乞《こ》われもしないのに、その笑顔にもう一度、誓いの言葉を口にする。

「んまああ！　焼けちゃうわねっ！」

神父役のはずのママがぶるんと軀を振った。

「もういいわ！　ほら。麗美ちゃんは？」

「……わたしも。一生この人を愛すると誓います」

秋葉の、低い地声での誓いに、『麗美ちゃんカッコいい！』とホステスの間から声が飛ぶ。

「じゃあ、誓いのキス！　思いっきりやってちょうだい!!」

「え……それは……」

たじろいで一歩下がりかけたところをがっしりと秋葉の腕にホールドされる。ぐっと腰を引き寄せられ、背が反った。

いたずらっぽい笑みが上から追いかけてくる。

「ま、待てって……ちょお……」

わかってんのか、みんなが見てるんだぞと秋葉の胸を押し返そうとするのに、ふふんと鼻で笑われた。

「大事にしますよ、わたしの花嫁」

花嫁のベールをかぶり、金糸銀糸に光るドレスをまとい、花より綺麗な『花嫁』はそう囁くと、男の力で俊樹を抱き寄せた。

「いや、ちが……」

「諦めてください」

冷やかしの口笛と声が飛ぶ中、俊樹は本日三度目になるディープキス披露を強要されていた。

文字通りのシャンパンシャワーが、愛を誓った『花嫁』と『花嫁』に降り注がれた。

ぼおっとしていた。

引退パーティから結婚披露宴へと名を変えたパーティは深夜まで続き、ようやく店から解放されたのはもう夜中の二時を回る頃だった。

喧騒が頭の中でわんわんと響き続けているような気がする。建物から出たとたん、深夜でも冷めない熱気に包まれ、余計に頭がクラリとくる。

「行きましょうか」

と、秋葉に手を引かれても、どこへ？と問う気すら起きない。

ドレスの上に薄物を一枚まとった秋葉が手を上げると、仕事帰りのホステスを拾うのに慣れたタクシーが狭い道をものともせずに滑り寄ってきた。

ワンメーターも行かず、タクシーは大通り沿いにあるホテルの車寄せへと入る。

「近くてごめんなさい。お釣りは取っておいてください」

上品な笑みとともに秋葉が千円札を渡すと、運転手は愛想よく会釈をよこした。

ホテルは中堅どころのシティホテルだった。

——なぜホテルか。

ようやくそこで疑問が湧いたが、

「さ」

と秋葉に当たり前のように誘われると、口で言い返すより先に足がホテルの中へと動いてしまった。入ったら入ったで、秋葉がさっさとフロントに向かいチェックインを済ませてしまう。

「な、なんでホテル？」

問いを口にできたのは、キィを持った秋葉と二人、エレベーターに乗ってからだった。

「ホテルなら、大抵のものが揃ってますから。急な外泊でも大丈夫でしょう？」

「あ、ああ」

そうか、自分はパジャマも歯ブラシも持ってないなと納得しかけたところに、

「わたしのアパートは古いので」

秋葉は平然と言い出した。

「振動も声も、けっこう響きやすいんです」

「え」

と振り返ったところで、チン！とエレベーターが止まった。

しっかりと手を摑まれて部屋まで連れていかれる。俊樹が慌て出したのがわかるのか、秋葉は部屋に入り鍵をかけるまで、手を放してはくれなかった。

「……ダブル……」

深みのある赤と落ち着いたブラウンでまとめられた心地よさそうな部屋には大きなダブルベッドが置かれていた。それこそ男二人で使っても、まだ余裕のありそうな。

さっきの発言といい、部屋の選択といい、秋葉の本気を思い知らされるには充分だった。

眠気も疲れも一気に吹き飛ぶ。

「着替えを持ってきているので、チェックアウトの時は男二人ですけどね。なんでしたら時間差で部屋を出ましょうか」

いや、そういうことではなく。

「その……」

振り返ると、物思わしげに自分を見つめる瞳があった。

「……やっぱり、イヤですか？」

白い手が、怖《お》じるようにゆっくりと俊樹の頬を包む。

「店では……とても嬉しかったです。あなたが、わたしを好きだとおっしゃってくださって……。あなたの誓いの言葉まで聞くことができました。……本当に、嬉しかった」

「秋葉……」

美しい顔が、かすかに横へとかしげられる。

「……その名で呼んでくれるんですか？　……あなたは、勘ちがいなさっているんじゃないですか？　あなたが見ている、あなたが好きだとおっしゃってくださった麗美は……この姿は……わたしの本当の姿ではありませんよ？」

「知ってるよ。おまえの素顔は……もう知ってる」

俊樹は静かに目を閉じた。

「でも、ぼくは君が好きだ。もちろん、公大のことも忘れない。公大の父親であっても、ぼくには……君を愛することができると思う」

「嬉しい」

口ではそう言いながら、秋葉の笑顔には翳《かげ》りがある。

「……でも、本当は少し不安。素顔の時には、あなたにつらくされたことしかないから」

俊樹は小さく息をついた。

……仕方ない。秋葉の不安は俊樹が植えつけた不安だった。ここでいくら愛を誓っても、それは消えないだろう。

「じゃあ……ぼくが見ている前で、麗美から秋葉に戻ってくれないか？」

「え？」

「きちんと、麗美と秋葉が同じだってぼくに見せてくれ。そしたら……」

そしたら、秋葉に誓うから。おまえが好きだ、愛していると。

言葉にしなかった部分が伝わったのか、秋葉の顔がほころんだ。

「……わかりました」

秋葉はひとつうなずくと、まず薄いショールを肩から滑らせ、椅子の背にふわりとかけた。

「後ろ、ファスナー下ろしてくださる?」

色っぽい裏声を使われる。腰をひねるようにして背中を向けられ、その艶かしさに俊樹は顔から火を噴いた。

「や……ふ、普通でいいから、普通で!」

「あら」

と笑われる。

「麗美はこれが普通ですよ。ご存知でしょう?」

それはそうだけど、でも、しかし。

「レミ、自分じゃファスナー下ろせなーい」

甘い声でねだられる。

——自分はもしかしたら、ものすごく危ない恋に踏み込もうとしているんじゃないだろうか?

疑問が兆したが、いまさらだった。

真っ白い背中でファスナーを下ろす手が細かく震え、俊樹は舌打ちしたくなった。

「ありがとうございます」

普段の姿もしっかり知っているにもかかわらず、ドレスが足元へと滑り落ちた時には心臓がひとつ大きく打った。俊樹は呻いた。

「……なんで下着まで女物なんだ……」

「ママの言いつけなんですもの。女装する時は身も心も女になりきりなさいって」

それはそうかもしれないけど、でも、しかし！

広い肩幅と背中、脂肪の少ない筋肉質の脚、高い位置の腰骨と、その軀は男のものに間違いないのに、肌理《きめ》の細かい真っ白な肌に扇情的な濃紫のキャミソールとショーツをまとったその姿は、性を超えて妖しい色気を醸し出している。

「お胸はパッド五枚重ね～」

唇を突き出して、チュと投げキスを贈られる。

「……秋葉。帰っていいか」

「いやん。……じゃなくて、ごめんなさい」

前半裏声、後半地声で引き止められた。

「小川さんが慌てるのがおもしろくて、つい」

「……本当に帰るぞ」

「もうふざけません。急ぎますから」

鏡つきのテーブルの前にある椅子に腰を下ろすと、言葉通り、秋葉は手早くイヤリング、ネックレス、指輪などのアクセサリー類を外し出した。ウイッグもためらいなく外す。下から、肌色の薄いネットに覆われた頭部が現れる。そのネットを剝ぐように脱ぐと、秋葉は乱暴な手つきで髪をかき回した。

「……ああ」

と小さく呟きを落とすと、今度は素早く付け爪を外し出す。

まるで魔術のようだった。

秋葉がひらりひらりと手を動かすたび、『麗美』の部分が消え『秋葉』が現れてくる。付け睫毛も外した。

着替えの入った鞄の中からシートタイプのクレンジングが取り出され、シートがすっと顔をなぞるたび、どんどん『男』になっていく……。

椅子から立ち上がると、最後に秋葉はもう完全に男の仕草でキャミソールを頭から引き抜き、フロントホックのブラを豪快に外した。

「――いかがですか?」

腰周りにレースで縁取りされた紫色のショーツが残るだけ、素顔と裸を晒《さら》して、秋葉はくるりと俊樹を振り返った。

その顔には、俊樹の表情を探ろうとする心配そうな色と、これが自分だという開き直りにも似た強固な意思とがないまぜになっている。

「……秋葉」

「はい」

「秋葉」

「はい」

俊樹は近寄ると、見た目より柔らかい髪にそっと触れた。頬の線も指でたどる。首から肩にも触れた。

男の顔。男の躯。それらを目で見、手で触れても、なお、胸の底から湧いてくるのは……。

「おまえが、好きだ」

迷いはなかった。

綺麗だけれどややこしくて、優秀だけれど可愛い男。実は少々やんちゃなところもある。その笑顔が見たいと思う。喜ばせたいと思う。こうして向かい合って胸の底から湧いてくるのが愛しさだけなら、自分に嘘をつくことはできない。

「好きだよ」

二度、心からの言葉を告げると、秋葉の瞳が涙で潤んだ。

「……ありがとうございます」

年下の男はそう言うと、俊樹の手を取り、そっと口づけた。

そう言って男が顔を上げた時、その瞳はまだ濡れていたが、顔にはいわゆるスケベ笑いが浮かんでいた。

「……で」

「次はあなたがわたしにあなたのすべてを見せてくれる番ですが」

「す、すべてって……」

「脱いでください」

俊樹はごくりと唾を飲んだ。

「今？」

「……今以外に適当な時がありますか？」

「ここで？」

「……わかりました。わたしが脱がせて差し上げましょう」

いい！　やっぱり自分で脱ぐ！と抵抗したが、遅かった。

上着を剝ぎ取られ、ネクタイを引き抜かれる。前かがみになってシャツを守ろうとしたところを後ろから覆いかぶさられ、抵抗する手の合間からボタンもベルトも外されてしまった。

「ま、待てよ！　待てって、こら！　あ……！」

「往生際が悪いですよ、小川先輩」

「だ、だいたいなんで後輩のおまえが、その……そ、そっちの役なんだよっ！」

「んー」

声だけは憎らしいほど落ち着いて、しかし、手は忙しく俊樹のスラックスのファスナーをまさぐりながら、秋葉が答える。

「小川先輩が可愛いから？」

「お、おまえだって可愛いぞ、充分！　ぼ、ぼくより絶対綺麗だし！」

「小川さんだって女装したらいいセン行きますよ」

「そ、そういうことじゃ……はぅッ」

「……だって」

ついに下着の中の俊樹自身を探り当てた秋葉が、ひときわ低くねっとりした声で言う。

「小川さんの内部《なか》が……忘れられないんです。あったかくて、きゅんきゅんにきつくて……それなのにしっとり柔らかかった……あなたがもう一度、欲しい……」

スラックス越しに、下半身にごりっと押しつけられるものがあった。興奮した雄根であることは嫌でもわかる。――かつて一度、秋葉が言うように、ソレは俊樹の体内に埋め込まれたことがある。容赦のない熱さと硬さで秘孔を穿《うが》ち、俊樹の軀を内側から焼いていった。ソレが今また、俊樹の媚肉に包まれることを願って凶器の硬さに育っている。

痛さを、苦しさを、そしてその苦痛の中に潜んでいた狂おしいほどの甘さの兆候を思い出し、腰の奥がずくりと疼いた。

まるで俊樹の腰に走ったその疼きが見て取れたかのように、瞬間、耳たぶに歯を立てられた。

「ぁん……っ！」

反射的に背が反り、俊樹の性器も秋葉の手の中でじわりと硬度を増した。

「……そうだ。あなたのほうがいい声で啼《な》く。それも理由かな……」

囁く秋葉の息が耳にかかっただけで背中にいけない痺れが這う。もう鼓動は速く、体温は高くなるばかりだ。

「も、いい……」

いたずらな手を摑んで訴えた。

「わかったから……ベッドへ……」

「はい、先輩」

強引で素直な後輩の腕に俊樹を横ざまに抱き上げられ、ベッドへと運ばれる。

続いてベッドの上へと膝をつく、秋葉の股間が俊樹の視界に入った。秋葉の雄がレースのショーツを押し上げ、上から頭をのぞかせている。倒錯的で淫猥《いんわい》な姿。

「そ、それ……ぬ、脱げよ」

声が上擦り、震え、俊樹の内心を伝えてしまう。

「……ああ」

目を落とした秋葉が薄く笑う。

「じゃあこれだけは……あなたに脱がせてもらいましょうか」

断ってもいいはずだった。だが、俊樹はふらりと軀を起こしていた。

『麗美』に包まれた『秋葉』の部分。膝で立つ男の股間から目を離せない。四つん這いになって、俊樹は自分でも意識しないまま、その部分へと近づいた。

指でそっと触れる。

手触りのよい、光沢のあるレースは絹だろうか。薄い生地越しに『男』の体温と粘膜の湿り気が伝わってくる。

俊樹の指の下で猛《たけ》りがトクンと脈打った。

「……キスしてみますか……?」

誘いは低く秘めやかで、いやらしい。

頭に霞《かすみ》がかかったようだった。小さな紫色の布地から丸い先端をのぞかせている雄根に、俊樹は引き寄せられるように唇をつけた。

思いのほか、柔らかく滑らかな感触だった。あれほどの痛みと圧迫感を俊樹にもたらしたものだとは思えぬほどに。

「……ん……」

頭の上からかすかな、吐息とも声ともつかぬ音が聞こえる。

その声に煽られたのかもしれなかった。

俊樹は指でショーツを押し下げた。

秋葉の雄が袋まで露《あら》わになる。

脳髄が痺れる。

——きっとこの男は麻薬を持っているんだ……。

俊樹は回らぬ頭で考える。

自分だけを酔わせる麻薬。女装した時の艶やかさ、整った顔に浮かぶ笑顔の美しさ、『嬉しい』と呟く時の切ないほどの可愛らしさ、そして、俊樹を抱く腕の力強さ、口づけの甘さ。この男が持つ、抗しきれない魅力の数々は麻薬と同じだ。

男の股間に顔を埋《うず》めたいなどと、今まで一度も思ったことはない。

しかし今は、唇を押し当てた先にある雄の部分を、すべて口中に収めてみたかった。ついさっきまで女物の下着の下にあった、雄を。

口を開いた。

気づけば俊樹は、秋葉にぐいっと顔を引き上げられるまで熱心にそれをしゃぶっていた。

乱れた息に白い胸を上下させ、男は俊樹を見下ろしていた。双眸に獣じみた光を浮かべて。

「……おいしかった?」

俊樹はこくりとうなずいた。その張りも熱さも、先端のかすかな塩味も苦味も、ただ俊樹を酔わせた。

「……どうしよう」

男の苦しげな呟きが聞こえたと思ったら、俊樹は後ろざまにベッドの上に押し倒されていた。突然の動きに抗議の声をあげる間もなく、上からぎゅっと抱き締められる。

重ねられた頰が燃えるように熱い。

「止まらないかもしれない……」

絞り出されるような声を、俊樹は陶然と聞いていた。


貪られるという言葉の意味を実感する。

服を剝ぎ取るように脱がされ、容赦なく両脚を広げさせられた。

「秋葉……あ、き……」

抗議したいのか、甘くすがりたいのか。自分でもわからぬままに、唇は何度も愛しい男の名を呼んだ。

秋葉は俊樹の全身を舐め回した。

唇を這わせ、舌で探り、歯を立てる。

そして、左手では乳首を弄《いじ》り、右手ではペニスをしごく。自分の軀にこれほど『感じるポイント』があるとは俊樹は知らなかった。秋葉の唇や指が特別なのだろうか。

秋葉の指の下で俊樹の乳首は石のように硬くなり、ツンと上を向いて突き立った。ペニスは何度も白濁を吹き上げ、それでもやまぬ愛撫の手は拷問のように俊樹に泣き声をあげさせた。

全身から汗が滴る。

繰り返しもたらされる絶頂に、俊樹は喘ぎ、悶えるしかなかった。

そのさなかだ。

指が後腔にもぐり込んできた。

「え、あ……！」

快楽に蕩けた軀は、体内に差し入れられた異物を嬉々として呑み込んだ。

秋葉は巧みだった。

前を弄るリズムと体内を探る指のリズムを合わせる。

俊樹自身がこぼした愉悦の証にドロドロになった手で前をあやしながら、長い指で後ろを優しく穿ち続ける。

「あ——、あ、アァッ……あ、あきば…あき……や、あ……っ」

口淫と手淫二ヵ所を同時に責められ、俊樹は喘いだ。——気持ちがよかった。二本目の指を呑まされても、もう秘所を抉る質量が増えることさえ嬉しかった。

「あ、秋葉ぁ……も、ダメッ…だめだからっ……！」

「だめって？」

「そ、そこ！　も、手、放してっ……」

秋葉はようやく前を握る手を放してはくれたが、いやらしい液で濡れた手で、今度は俊樹の脇腹を擦り上げた。

「ぅああ……！」

何度も何度も絶頂を迎えたあとの軀は、全身の肌がすべての刺激を官能として受け入れてしまう。それだけの刺激に俊樹は喉をのけぞらせ、濡れた声をあげた。

「……ど、して……こんな……」

「どうして？」

俊樹の涙を唇を寄せてすすりながら、秋葉は首をかしげた。

「感じるあなたを見ていたいんですが……おかしいですか？」

「…で、でもっ！」

涙の滲む目で俊樹は秋葉を見上げる。秋葉はいやらしく口元を歪めて見せた。

「ここも……ヒクヒクしてる。……わたしの指をしゃぶってますよ？」

「バカ……！」

ののしる声が甘く上擦り、バカと言われた男に嬉しげな笑みをこぼさせる。

「大好きです。……俊樹」

「あ!」

名を呼ばれた瞬間に、電流が軀を貫いた。

同じものを返してやりたくて、「のりかず」と男の名前を呟いた。

「範和、範和……好き」

「……嬉しい」

と、秋葉は呟いたような気がするのだが、体内から指を抜かれる刹那《せつな》に自分が放った声にかき消えた。ついで、腿《もも》が胸につくほど深く膝裏を持ち上げられ、その淫らなポーズを恥ずかしがる間もなく、今度は身内深くに肉の楔を打ち込まれた。

指とは比べ物にならない圧倒的な質量と密度で、肉の隘路《あいろ》を押し拡《ひろ》げられる。

俊樹は喉の奥から、悲鳴ともよがりともつかぬ声を迸《ほとばし》らせた。

最初から、秋葉の下腹の茂みと俊樹の袋の裏が当たるほどの、深い挿入。

「う、う、あ、あ……っ!」

軀の中心を男の凶器に抉られて、それでも、さんざん嬲《なぶ》られたあとの俊樹の軀は慣れないはずのその刺激にさえ、甘く震えた。

男の剛直が、きつく、苦しい。

が、秋葉の腰が、それを引き抜く動きを見せれば、空虚にされることを恐れるかのように

俊樹の腰は持ち上がり、突き入れる動きには抑えようもなくよがり声が漏れた。

「いい、い……っ！　ふ、あああッ……あぅ、ん——っ！」

「俊樹……！」

秋葉の汗が胸に落ちる。その滴さえ愛おしい。

繋がった場所から溶けて崩れてしまうのではないか。

そんな錯覚さえ覚える頃、ふたつの軀は精のすべてを吐き切って、汗と涙と体液にまみれる肌を重ね合わせながら、堕《お》ちたのだった。


次の日の朝、俊樹は起きるなり、人定質問を受けるハメになった。

ちゅ、ちゅ、とついばまれるようなキスに目が覚めた。

「おはようございます」

幸せそうな、しかし、どこか緊張したような秋葉の顔が目の前にあった。

——起き抜けでも崩れないのを美形って言うのか。

俊樹は妙な感慨を覚えながら、「おはよう」と返した。そこまではよかったのだ。

「小川さん、わたしの名前がわかりますか」

と、ジャブが来た。

「え……秋葉だろ?」

「フルネームは?」

「……秋葉範和……」

「じゃあ、ゆうべ、あなたが好きだと告げた相手は?」

そろそろパンチが激しくなる気配があった。

「え……そ、そりゃ、おまえだろ……」

カーテン越しとはいえ、朝の光の中では気恥ずかしくて、答えを濁したのがまずかった。

「おまえって誰ですか」

「いや、だから……」

「ちゃんと答えてください」

「だから……秋葉?」

「なんで語尾が上がるんですか?」

「……秋葉君です」

「じゃあゆうべ、あなたとメイクラブしたのは?」

「………」

「答えられないんですか?」

「いやだから……おまえじゃん!」

「おまえって誰ですか」

「……頼むわ……」

「逃げないでください！」

かくして俊樹は、昨夜の痴態のいちいちの主語と目的語を答えさせられるハメになったのだった。


そして――。

俊樹は同性で年下の、同じ職場の後輩を恋人に持つことになった。

女装癖があることをのぞけば、なかなかできた恋人を。

わきまえている恋人は、職場では人に気取られるような素振りは決して見せず、俊樹と公大の時間を邪魔するようなこともしなかった。

それでも、秋葉が俊樹の家を訪ね、公大も時には土日以外の緊急時に俊樹の家に来ることがある以上、顔を合わせる機会がまったくないわけではなかった。

その日は金曜で、本当なら公大は土曜日の昼近くに来るはずだったのが、真由美に翌朝からの急な出張が入ったために、急遽《きゅうきょ》、俊樹が預かることになったのだったが……。

秋葉が泊まりに来ていた。

真由美からの連絡があった瞬間から、秋葉は聞き分けよく『職場の後輩』の顔に戻ってくれた。玄関まで出てきて、公大と真由美を出迎える俊樹の横で、

「職場の後輩です。小川さんにはお世話になっております」

折り目正しく、挨拶さえしてみせた。

が、公大がそこで、

「ねーねーおとーさん。あのきれーなおねーちゃんはもう来ないの？」

と質問を放った瞬間に雲行きが怪しくなった。

「そうそう！　どうなってるのよ、その後？」

真由美が玄関のたたきから身を乗り出して聞いてくる。

「えーあー……まあ、ぼちぼち？」

照れ笑いで答えても、子どもは容赦してくれない。

「きれーなおねーちゃんだったよね」

「……そう？　そんなに綺麗なの？」

プライドに引っかかるものがあったのか、真由美が俊樹を見上げてくる。

「あー……」

「すっごいきれーだったよね、おとーさん！」

「あらそう。おかあさんより綺麗？」

笑う真由美の目が笑っていない。それより横に立つ男の目が据わってくるのが怖い。

ここで『うん』と言えば、その場にいない女のほうを贔屓にしたと真由美が拗ね、『ううん』と言えば秋葉が怒るのは間違いなかった。

「ねえ。わたしより綺麗なの？」

焦れた真由美が直接俊樹に迫ってくる。

「う……」

嫌な汗が背中を伝ったところで、

「いいえ」

秋葉がにっこり笑った。

「わたしも彼女を知っていますが、真由美さんのほうがお綺麗ですよ」

「あら、そう？」

「ねえ、小川さん」

笑顔が怖い。その下に見える麗美の顔が怖い。

「……わ、若い分だけ……？」

両方をフォローしようとして、俊樹は両方の地雷を踏んだ。

「はあ!? バカじゃないの！　若い子に鼻の下伸ばして！」

「やだなあ。若いだけで、全然綺麗じゃないですよ、彼女は」

　真由美は怒って帰り、俊樹は……公大が眠る部屋の隣で、秋葉に責められ通した。熱い手に全身をまさぐられ、男の楔を身の内に埋められて、俊樹は声を出さないように必死でシーツを嚙み続けたのだった。


　後日談はもうひとつ。

「あのー……いろいろ考えたんですけど」

　電話の向こうで池田が神妙な声を出していた。

「あの晩、小川さんはオバラさん、いうことになってませんでした？　ほんでも、麗美さん、途中からちゃーんと小川さんは小川さんって呼んではりましたよねえ？」

「あ……う……」

「そんでね……これ、どーも気になってしゃーないんですけど。小川さん、あん時、言うたはりましたやんねえ？　麗美の君も秋葉の君も好きやーって。秋葉ってねえ、小川さん？　小川さんの下についてはった後輩君の名前ちゃいましたっけ？　あと、子持ちがどうとか」

　じっとり俊樹の手に嫌な汗が浮いた頃、ふふふふと池田の含み笑いが聞こえた。

「……ほなら、まあ、小川さん。次に名古屋行けるのんを楽しみにしとりますわ。おごってくれますわなー？　花婿さん」

いや。婿はあっち。

そう言って墓穴を掘るのだけは、俊樹はなんとかこらえたのだった。

あとがき

初めまして、でしょうか。お久しぶり、でしょうか。楠田雅紀です。

このたびは、このような女装攻めの本を手に取ってくださり、その上に、こんなページまで読み進んでくださり、本当に本当にありがとうございます。今、どんなお気持ちでいらっしゃるでしょうか？　読後のお気持ちをお一人お一人にうかがいたいほど、ドキドキしております。

まさか通るとは思わなかったプロットが通り、書かせていただいたのが、この「女装攻め」の「リーマンもの」です。書いているいる間はもう無我夢中でした。一度はやってみたかった、「スカートはいたままの、やや強引なエッチ」「荷台に積まれてしまういい男」「女装から裸へのストリップ」などなど、書いていて思わず「我が人生に一片の……！」とか叫びたくなるくらいの勢いでした。

が。書き終えてみれば、自分、これでいいのかと。シャレード文庫さんからの大切な二冊目、本当にこれでよかったのかと。自問する日々となりました……。

また、読んでくださった貴女に愉しんでいただけたかどうか、こんなに気になるのも初めてのような気がします。もちろん、どの作品でも読み手の方の感想は喉から手が出るほど欲しく、また、気になっていますが、今回は特に……「ねえ、どうだった……?」と膝すり寄せて聞きたいような気持ちです……。

美貌で優秀で、でもお茶目な秋葉、自分の気分で男と女を行き来してしまう困った恋人を持つことになった俊樹。この二人を書いていて私自身はとても楽しかったです。この作品を書くチャンスを与えてくださったシャレード編集部の皆様、そして担当のG様。心より感謝申し上げます。特にG様にはいつも大変にお世話になり、ありがたいばかりです。

そして、素敵に魅力あふれるキャラクター(特に麗美!)を描いてくださった三島先生、ありがとうございました!

では。また皆様にお会いできますように、心より祈りつつ……。

平成二十一年四月吉日　楠田雅紀

http://karen.saiin.net/~kiryu/

KAZUHIKO MISHIMA

女装キャラを描くのは
初めてだったので
すごく楽しかったですね
ありがとうござい
ました♥♥
みしま

本作品は書き下ろしです

楠田雅紀先生、三島一彦先生へのお便り、
本作品に関するご意見、ご感想などは
〒101-8405
東京都千代田区三崎町2-18-11
二見書房　シャレード文庫
「アゲハ蝶に騙されて」係まで。

CHARADE BUNKO

アゲハ蝶《ちょう》に騙《だま》されて

【著者】楠田雅紀《くすだまさき》

【発行所】株式会社二見書房
東京都千代田区三崎町2-18-11
電話　03(3515)2311[営業]
　　　03(3515)2314[編集]
振替　00170-4-2639
【印刷】株式会社堀内印刷所
【製本】ナショナル製本協同組合

落丁・乱丁本はお取り替えいたします。
定価は、カバーに表示してあります。

ISBN978-4-576-09043-6

http://charade.futami.co.jp/